U0895604

蠹鱼书坊出品

蠹鱼文丛

书名题签：周音莹
策划组稿：周音莹
　　　　　夏春锦
篆　　刻：寿勤泽
书票设计：崔文川

扬之水 著

問道録

浙江古籍出版社

图书在版编目(CIP)数据

问道录 / 扬之水著 . — 杭州 : 浙江古籍出版社 ， 2017.7
（蠹鱼文丛）
ISBN 978-7-5540-1081-5

Ⅰ. ①问… Ⅱ. ①扬… Ⅲ. ①随笔—作品集—中国—当代 Ⅳ. ①I267.1

中国版本图书馆CIP数据核字（2017）第175263号

问道录

扬之水 著

出版发行 浙江古籍出版社
（杭州市体育场路347号 邮编：310006）
网 址 www.zjguji.com
责任编辑 路 伟
整体装帧 刘 欣
责任校对 余 宏
责任印务 楼浩凯
照 排 浙江时代出版服务有限公司
印 刷 绍兴市越生彩印有限公司
开 本 787 mm × 1092 mm 1/32
印 张 5.875 插 页 8
字 数 110千字
版 次 2017年7月第1版
印 次 2017年7月第1次印刷
书 号 ISBN 978-7-5540-1081-5
定 价 32.00元

梵澄先生在印度

असतो मा सद्गमय
तमसो मा ज्योतिर्गमय
मृत्योर्माऽमृतं गमय

»तथास्तु«

徐梵澄
4.30, 1987
于北京

梵澄先生题赠：圣则吾不能，我学不倦而教不厌也。
见《梵澄先生》一九八七年四月卅日纪事

梵澄先生所赠书画扇，见《梵澄先生》一九九二年九月廿五日纪事

谷林先生照片

丙寅正月初九日
去冬以来第一
场雪，相见俱道
可喜。

谷林先生照片背面题赠，拍照地点为当时的中国历史博物馆。丙寅，一九八四年。某年为先生贺寿，贺卡上抄了我在《宋书》上偶然撞见的一段文字，即卷九十三《隐逸传》：琅邪王弘之“性好钓，上虞江有一处名三石头，弘之常垂纶于此，经过者不识之，或问：‘渔师得鱼卖不？’弘之曰：‘亦自不得，得亦不卖。’日夕载鱼入上虞郭，经亲故门，各以一两头置门内而去”。——很以为它像极了谷林先生的读书与为文。先生答书曰：“检中华版《宋书》第八册二二八一页《隐逸传》原文，再读神驰，于是更摘抄两行在赐卡的下端：‘桓玄辅晋，谦以为卫军参军。时琅邪殷仲文还姑孰，祖送倾朝，谦要弘之同行，答曰：凡祖离送别，必在有情，下官与殷风马不接，无缘扈从。谦贵其言。’似仰望在云天，公遽以比附，怎能相安！”“仰望”云云，是先生亦慕其为人也，千载之下乃不期然而然接通声气，而先生的读书为文与为人，岂不也尽在此中。

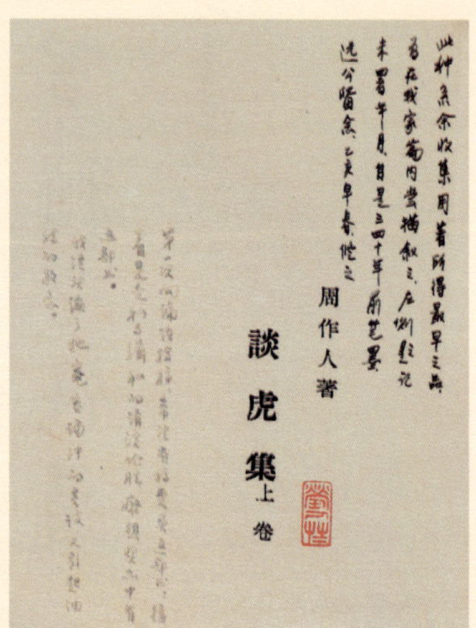

谷林先生所赠《谈虎集》

丽雅同志：

奉二日示，快读游记，引人入胜，不觉一口气读完。您一再入滇，清兴如此，只有羡慕。我则与游无缘，虽愿访古，而牵于俗务，欲往不能。今则迟暮矣。

近来颇为家乡文物费时间。族人有去续族谱，我则以为不合时宜。惟涉及文物，不得漠然置之。寄来一份抄稿，乃明代志墓之文，疑点甚多，自当为之疏解，不料竟达五十余处。抄誊清楚即寄回。族中一门廊被毁，众议修复，此亦不合时宜，惟原有题额六字为明末刘同升所书，我不能无留恋。刘公崇祯状元，清兵南下，曾率乡兵与杨廷麟收复吉安。少读本传，夙深景仰。族人有意请当今书法家重写上石，我拒不考虑。今所谓书法家，其笔法我看得上者一人无有。众意如此，且自由他。

报纸马虎总有所见。一小报载文砍断尾巴，而后面还有两行空白，与前无余地者不同。如何是了？

这回地址依封面写。——前写一个封在，又仍旧了。

远行希能继续，俾我有游记可读，好吗？

请保重！

泗原上 1994，4，18、

泗原先生来书

丽雅留念
蘿蕤
一九九一年十月

萝蕤师赠照片及背面

雨雅先生：

"年年芳意常新，"
岁岁佳音如露。
殷勤费思量，
提携多眷顾。

①香港牛津大学出版社地址及有关负责人均望见示。未知出版合同等手续如何。

②《清流传》译者及其通信处：北京海淀区国际关系学院14楼3单元5号杜南星教授。邮码：100091

祝春节幸福快乐。南星再拜。1，31

A9　20×15=300　宁夏图书馆学会　第　页

又：此信未发时，得张中行兄电话，谓即将给《清流传》写一序文，而无暇阅其全稿，嘱我录其梗概，以便参考，前已写完送去，想明日可将《张序》及全部译稿奉呈。译稿颇有抄写凌乱之处，至深歉疚。先生不辞劳瘁，为之绍介出版机构，铭感之深，非拙笔以言语所能表达也。匆匆。2/6

A9　20×15=300　宁夏图书馆学会　第　页

南星先生来书

鬟雲鬢霧若新梳，漏泄春光柳漸舒（用杜公漏泄春光有柳條句）。顧我一身唯有影，驅寒萬計不如書。犬豚中夜方相接，天地明朝又投初。已過艱危餘事了，盡情鐙火走輕車。

宗遠兄 粲正

甲戌除夕星屋

金性尧先生手书

遇安师在眉山三苏祠

与遇安师在周原观摩文物

目录

关于梵澄先生——《读书》十年日记摘抄

《读书》十年，梵澄先生是联系最多的一位作者，——不仅是文章，也是书的作者。初识是在二十年前，那一天的日记记得很详细。当时的日记好像是有闻必录，到《读书》的时间不长，似乎一切都觉得新鲜。这里记下了一位学问家在生活中多与书和人相关的若干琐细微末，惟私下里的交谈往往很随便，对人和事的叙述与评判未必准确，也未必得当，这本是无须多说的。梵澄先生很有个性，但也有他独特的随和，温厚，以及幽默和风趣。我的拙笔一向不善于写人，这些未加修饰的“速记”或可略存其真，而一切追怀与感念也尽在此中了。

一九八七年

四月三十日　星期四

下午与周国平、杨丽华一同往访徐梵澄先生。

梵澄先生早年（一九二九年，二十岁的时候）自费留学德国，五年以后，战乱家毁，断了财源，只好归国。回到上海后，生活无着，乃卖文为生。在鲁迅、郑振铎的督促下，翻译了尼采的一些著作。抗战以后，又武汉、长沙、重庆、昆明，四处颠沛流离，直到一九四八年被国民党政府派到印度教学。一九四九年国民党垮台，遂成海外游子，须自谋生路了。于是在一个法国女人开办的教育中心任职。这位法国人很看重他的才华，但实际上却是将他作“高级雇工”使用的：不开工资，只包一切生活用度。他著了书，出版后，也不给分文稿费，甚至书也不给一本的。在这位法国女人晚年的时候（她活到九十多岁），支撑她教育事业的四个台柱子一年之内相继去世，学院一下子就衰败了。这样，梵澄先生才争得了归国的机会（前此两番皆未获许），于一九七八年返回阔别三十年的家园。先生一生未婚，目前已无多亲属，只是昆明有两侄辈，曾表示要来这里侍奉晚年。不料来了之后，不但不能帮忙，反添了数不清的麻烦，只好“恭请自便”：又回到昆明去了。

先生现住着一套三居室的房间，饮食起居皆由自己料理，倒也自在。

“印度好吗？”

“不好。在印度有一句话，说是印度只有三种人：圣人，小偷，骗子。”

真是高度的概括。与高深精密的宗教和哲学相比照的，就是世风的衰败么?

“我在印度丢了六块手表。丢了以后，就给法国老太太写个条子，再领一块。有一次她给了我一块很好的表，我连忙退回去了：这是很快就会丢的呀。”

不过回国以后的种种情形也很令他失望。除给个宗教所研究员的职称外，基本上就等于弃置不用了。几部书稿压在几家出版社，两三年以至三四年没有音讯。

请先生为我的《五十奥义书》和《神圣人生论》题了字，梵文、汉文各题一册：

圣则吾不能

我学不倦

而教不厌也

五月十日　星期日

接到梵澄先生复信，其中言道：

我是唯物史观的，也略略探究印度之所谓“精神道”，勘以印度社会情况，觉得寒心，几乎纯粹是其“精神道”所害的，那将来的展望，科学地说，是灭亡。

来信说《五十奥义书》中有不解处，我相信其文字是明白的。

这不是一览无余的书，遇不解处，毋妨存疑，待自己的心思更虚更静，知觉性潜滋暗长（脑中灰色质上增多了旋纹或生长了新细胞），理解力增强了，再看，又恍然明白，没有什么疑难了。古人说“静则生明”——“明”是生长着的。及至没有什么疑难之后，便可离弃这书，处在高境而下看这些道理，那时提起放下，皆无不可。这于《奥义书》如此，于《人生论》亦然。

书，无论是什么宝典，也究竟是外物。

通常介绍某种学术，必大事张扬一番，我从来不如此作。这属于“内学”，最宜默默无闻，让人自求自证。否则变怪百出，贻误不浅。

六月十九日　星期五

上午九点半钟，中央电视台胡铮、陈梁等四人坐车来接。

继往北大接金克木先生，然后同往香山饭店，拍片（按片名为《同一屋檐下》，以下所记拍片情景略去）。

前几日曾致函（写满三页纸）金先生，约请他评《五十奥义书》，他说已复信婉辞，但至今信未收到。今日见面，复又提起。

因说起梵澄先生，金先生原是认得的。

他说，梵澄是一九四四年去的印度（此前蒋介石到印度访问，欲与之修好，答允派两位教授去讲学），同行者为常任侠，但二人下飞机后便反目了。常是左倾的，徐无党无派，但决不左向，于是各奔前程。

……

以后就到了阿罗频多·高士的修道院。阿便是《神圣人生论》的作者。他是哲学家，也是社会活动家，搞暗杀和恐怖活动，后受到英统治者的追捕，乃逃到南印度的一处法属地，得到一位有钱的法国女人的资助，办起一座修道院，他就做了教主，著书立说。后“修炼得道”，便不再开言，只是撰述。一年与弟子们见一面，也是不说话的。

他在印度的地位是极高的，被称为“圣人”，卒于一九五〇年。他到晚年，差不多就是个神经病了。

徐翻译了他的书。

徐要求回国的事，冯至和我说起过。他提的条件就是要在国内出书。

经研究后，同意接受。如果大陆不接受，他会去台湾的（今按：后来我曾就此事问于梵澄先生，先生另有说，见后面的日记）。

聊了半天的结果，是金先生同意写一篇谈《五十奥义书》的文章，但不想写长。

我说：短文，最好。

六月二十日　星期六

接到金先生六月十五日发出的信，其中言道：

复札手悉。嘱写书评，但《奥义书》聚讼纷纭，实难置喙。译者徐，评者巫，皆在印时素识，更不便说话。

至于唯心唯物等等，由四十至五十年代两大阵营说而起。今国际“阵营”已不讲，哲学“阵营”只中国还在坚持。当四十至五十年代之间，东德有位旧学者力求从印度古籍中寻找唯物论，于是有种种解说，中国受其影响，不少人依之立论。如同对“老子”，有位学者先定为唯心，又改定为唯物，现在不知又怎么讲，我见到也不妨问他。《奥义书》类似中国的子书，《诸子集成》，直到后代仍有作者，本是通名。十九世纪末二十世纪初德国有位学者以康德之学加以解说，后又联上黑格尔，印度学者大为欢庆，也随之联系。这和今日中国尊孔实无二致。他们所□书只指几部，徐译有五十，多去有一百零八，甚到有二百多记，不是一时一地一体系。现代所讲不过都是古为今用，一涉及此点，岂能说话？故我实不欲说，非仅不敢说也。而且书已多年不读，徐译稿，编者曾来问我，我只嘱勿改勿批，不作引言。出版后徐又赠我一册，我也未看。现在精力日衰，不能再去钻研，故亦不能说话。以上罗嗦无非是向你告罪，区区苦衷，尚请鉴谅。……

六月二十九日　星期一

接金克木先生电话，云评《奥义书》之稿已写就，嘱我往取。遂往北大。

老先生真健谈，一聊又是三个多小时。

回顾这篇文章的整个组稿过程，是极有意思的。长达数小时的两次长谈及书信往还，早已超过这四千多字的篇幅。

如此，乃砉然得解：奥义书者，本无奥义也，最神圣的信仰，原缘自最世俗的念欲。再深奥的哲学，蕴含的也是生命之精义，这是一种高级哲学和原始信仰的特殊共存。

文章浅白平朴，而其中“意思”殊多也。梵澄先生曾云：愿读者自做解人，金文同有此意在焉。因之对若个“奥义”，不过点到而已，正是好处。

金先生戏称：“此稿是在你的‘亲切关怀’下写成的。”

十月十三日　星期二

下午与周国平一起往访梵澄先生。

先生今日情绪极佳。首先谈到我写给他的信，认为还有一定的古文修养，但文尚有“滞障”，而文字达到极致的时候，是连气势也不当有的。我想，这“滞障”大约就是斧凿痕，是可见的修饰，而到炉火纯青之时，应是一切“有意”皆化为“无意”，浑融无间，淡而致于“味”。

又打开柜子，找出十几年前发表在新加坡的几组文章：《希腊古典重温》，《澄庐文议》，《谈书》，并告诉我说，昔年他在印度阿罗频多学院时，由于那位主持人（法国老太太）的故去而使他的生活难以为继，因而卖文为生，虽所得无多，但不失为小补。如我对这些旧作感兴趣的话，可以拿去发表，但要请人抄过之后，再拿去给他看一下。

又翻出《鲁迅研究》，让我们看发表在上面的《星花旧影》，是谈他和鲁迅的交往，并录有若干首他写给鲁迅的诗。当年墨迹的复印件也让我们看了。文字纯静而有味，诗有魏晋之风，书似见唐人写经之气韵。

先是，沏上酽酽的红茶一杯，继而又拿出月饼，一人一枚，分放三小碟，一剖四牙儿。先生和周君都吃了，我没吃。走时却将之装入塑料袋，硬要我带走，说：切开了，不好放，我一个人如何吃得完？

十月十五日　星期四

将《希腊古典重温》整理剪贴，并为之誊抄。

十月十八日　星期日

上午访梵澄先生，将誊抄过的部分稿子请他过目，并送去信笺、墨汁。

问起他近日的作为，言道：正在为欧阳竟无编一选本。案头所置，正是四厚册《欧阳竟无集》，乃台湾版，内地无见。又问欲交付何家，云：金陵刻书处。遂曰：何不与三联？笑答：也是可以的啊。不过，稿子需要一一抄定。我表示愿意承担。

梵澄先生对渐师很是心折，再三称誉其文章之美，当下让我与他并坐案前，为读其记散原一文。果然文气浩博，凡顿挫处皆有千钧之力，而叙事又多欣戚之感。

十一月二日　星期一

如约往梵澄先生家取稿。今日又逢他兴致很高，聊了一个多小时，并出示他几十年来所作旧体诗，请我为之联系出版。惶急不及细读，蓦见一首《王湘绮齐河夜雪》，遂拈出，当场录下，诗云：此夜齐河雪，遥程指上京。寒冰子期笛，落月亚夫营。战伐湘军业，文章鲁史晟。抽簪思二傅，投耒怅阿衡。危国刑多滥，中期柄暗争。所归同白首，何处濯尘缨。返旆还初服，传经事耦耕。金尊浮绿蚁，弦柱语新莺。兰蕙陶春渚，桑榆系晚晴。知几无悔吝，吾道与云平。诗后补注曰：湘绮楼有《思归引》自言其事，苍凉感喟之意皆为其格调所掩，未尽写出，概可于他篇见之。兹则直抒其意，语有当时人所未敢言者，于此又见古人之弥不可及也。——“所归”二句皆用古语而稍变，《引》中亦尝说及石崇事，此又白居易咏甘露之变者也。

因与道及王湘绮撰写《湘军志》一事。先生说，他当年亦尝与鲁迅先生论及此。周问，徐答：《湘军志》用的是《史记》笔法，但太史公虽叙事亲切，每似己之身历其境，却始终保持冷静，湘绮则徒有其一，而无其二。鲁迅先生深然此言。但后来先生得知，鲁迅是赞赏司马氏之冷静的。

由此又把话题转向谈史，谈黄石老人与张子房，谈鸿门宴，谈杨贵妃。先生颇有与众不同之见。遂曰：何不撰几则“读史札记”？《读书》最喜此类文章。先生似有意为之。

十一月七日　星期六

上午如约访梵澄先生。——前番交下一册手稿《天竺字原》，嘱我抄录其序，以收入“杂著”。临别问及下次晤面时间，乃答：“星期六。”已而又笑曰：“我，黄石公也。”盖因当日曾论及黄石公与留侯桥下之约。然既如此言，我岂非成了张良？不敢也。

先生将目录审定一回，以为尚嫌单薄，便又寻出一册在印度室利阿罗频多修道院出版的《行云使者》，嘱我誊录其序及跋，亦一并收入书中，并应我之请，言当为全书作一序。又将此编初步定名为“异学杂著”。

谈及散原诗，言至今记得一好句：“落手江山打桨前。”“初读之时，以为‘落手江山’，寻常句也，未尽得其妙，而于心中徘徊久不去。约有半年时光，忽而悟得，此乃江中击水，见江山倒影而得句。细玩其意，得无妙哉！”

将日前检得朱记“国史馆长”一则示与先生，先生正之曰：“王晚年非‘寒素’也。仅示一例。当年湘中有一朱姓秀才，弃文从商，经营茶叶买卖，后成巨富，茶行遍布。其向湘绮求文，先是，奉呈银子三千两，王弗受。遂易之以水礼（绸缎、果品之属），乃应。可知王名重当时，囊中曾不少物也。”

继而又述一则王之轶事：“时有一和尚犯事，坐罪站笼。寺中诸和尚欲救不能，乃贿于王，以求为之说情。一日，王拜会县令，说笑一回，起身告辞。主人送客，王见笼中和尚，佯称曰：‘这和尚站得好！那日同他对弈，竟一子不相让。’言讫而去。和尚由是得免。——能与王对弈者，岂非友乎，县令固不愚也。”

忆及著述之甘苦，乃云：五十年代迻译《五十奥义书》，时在南印度，白昼伏案，骄阳满室，寓居之墙又为红色，热更倍之，每抬臂，则见玻璃板上一片汗渍，直是头昏昏然也。然逢至太阳落山，暑热渐退，冲凉之后，精神稍爽，回看一日苦斗之结果，又不禁欣欣然也。

人入暮年，可有孤独感？答曰：余可为之事，固多也。手绘丹青，操刀刻石，向之所好；有早已拟定的工作计划；看书，读报，皆为日课；晚来则手持一卷断代诗别裁集，诵之，批之，殊为乐事。孤独与余，未之有也。

十一月十日　星期二

接陈平原电话，云《散原精舍诗集》已借到，遂往北大。

书取到，径送往梵澄先生家，时已将及六点。先生一再留饭，说：我这里有三个馒头，我只吃一个，你吃两个。乃婉谢。于是为我沏上一杯咖啡，并一定要我喝下去。

取出一册《玄理参同》，嘱我将其序言誊抄，一并收入《异学杂著》。

十一月十八日　星期三

如约往梵澄先生家取《异学杂著》序。又交我一部手稿，是室利阿罗频多修道院的主持人，那位法国老太太的著述，名为“周天集”，一段一段，类似“道德箴言”。他说，联系了几处（包括香港、新加坡），都碰了钉子，嘱我再为之找一出路。

告别之时，硬塞我两个橘子。先是不受，后先生说，这是对朋友所表示的好感，便觉再推似有不敬，遂收下。

往编辑部，发稿。

中午到的丽吃饭，老沈又参加了。饭桌上说起梵澄先生所托的那部书稿，老沈表示很有兴趣。

十一月二十四日　星期二

上午往梵澄先生处取《散原精舍诗集》。借书本是为请他写书评的，但今日却言不愿为之，原因是恐牵涉诸多人事，乃欲令我代笔，而不署先生之名。恐无力荷此任。

又示我一副对子：人寿丹砂井，春深绛帐纱。云此联乃廖季平所为，但先生不满于下联，因欲改写，然后书于壁，并让我也试为之对。我何尝有此急智，再三言之：不能。先生曰：不急，不急，待对出，信告可也。

辞别而归。未及进家，脑子里蓦然跳出一句：神通梵铃中。情知未称的对，也只得以此交卷了。

十一月二十六日　星期四

雨化为雪，天寒甚。

为梵澄先生送去《周天集》稿，请他为之序。雪犹未止，路滑难行，骑车至团结湖，已觉双腿发颤。

先生稍肯日前之对。示我一纸当日所书梵文墨迹，云：此曰梵寐文。以此易下联之后三字，当为佳对也。

谈及八指头陀，犹记其若干好句，如“袖底白生知海色，眉端青压是天痕”。此登高之作也。又曰：陈石遗尝有诗：山鬼夜听诗，昏灯生绿影。八指头陀乃云：后句不妥，当易为“宽窗微有影”。

又示我学诗之途：先由汉魏六朝学起，而初唐，而盛、中、晚唐。追摹杜工部、玉溪生可矣。我说，学诗乃青年人事，如今已过此界，何以为之？先生曰：不然。知高适否，四十岁以后方学诗，岂非卓然大家？

又说：我向不以灵感为然，学识方为第一，所谓厚积薄发是也。即如八指头陀，大字不识一个，不过以“洞庭波涌一僧来”一句成名，后之为诗，则多为一班名士所助。

十二月一日　星期二

往梵澄先生处取《周天集》序。

他说，一年将尽，遗憾的是没有得机会去四处走走，只是因公去了一趟扶风的法门寺。明年要制定一个旅游计划了。不过今年的确做了很多事情，看校样，编书，还看博士论文。于是又说起，去一次干面胡同，乘出租汽车，要耗资三十四元，而细心审阅一篇博士论文，才得二十元。先生是以国内之收入，来行国外之生活方式，如何能持平？出门坐小车，当然不是一介寒儒所能享受的。

将《周天集》选题报上。

十二月十七日　星期四

上午访梵澄先生。

先生正在临《泰山金刚经》，因让我当场临写几字，顺势告以执笔之法、运笔之道。说目前我已到了中级阶段，欲再向上跃，则须反求于古，即所谓取法乎上，从汉魏学起，求朴，求拙，勿钝，勿利。又提起我的那首小诗，指出其中病句，并曰学诗与学书的道理是一样的，先从《古诗十九首》入手，熟读《文选》诸诗，而唐，而宋，元、明可越过，清初王渔洋诗不可不读。

又取出他的诗作，选出若干首读给我听。有《前落花诗》（五古一首）和《后落花诗》（七律十五首），写得极好，开篇一句“落花轻拍肩，独行悄已觉”，已觉很有韵味。

《周天集》已作选题上报，因字数过少（两万），故请先生再为之增补若干篇幅。于是取出一本小册子《南海新光》，后有室利阿罗频多事略，嘱我补于其后。

临别，约二十六日再见。

十二月二十六日　星期六

上午访梵澄先生，告以《异学杂著》已发稿，但《希腊古典重温》、《澄庐文议》、《谈书》外，其他几篇序跋被撤下。先生意欲再增补几篇，另成一书。此议尚须与李庆西商量，不知他们是否有兴趣。

一九八八年

三月四日（星期五）

访梵澄先生。告诉他，《周天集》是准备出版的，但嫌篇幅太少些（两万字），希望能再作些增补。他却认为是总编辑考虑到会蚀本而找出的理由。目前他手中所作正是《周天集》续篇，可他说不能交给我，反要我把老沈手里的那一部手稿要回来。只好反复向他申明，书是决定要出的。最后总算答应，要我再次与老沈讲定，然后下星期五去他那里取稿。

三月十一日（星期五）

到梵澄先生处取稿（《周天集》二）。上次去时他曾说起，有一部室利阿罗频多的《〈薄伽梵歌〉论》稿欲请人誊抄，而言中透露之意是想让我来做。我回说，工作很忙，实在没有时间，但可以为他物色抄稿人。

抄稿人已找到，但他并不想用。

“你愿意在我这里学学古文吗？”

“当然愿意。”我一时未明其意，而对这个问题，除此之外没有别的回答。

“那么你就来帮我抄这部稿子，抄的过程也就可以揣摩文意。”

“可我实在没有时间，会误事的。”

“不要紧，并不急的，只想有一份誊清的稿子放在那里。”

如此，我竟推托不得了。他又特别强调说：“我不会少付你钱的。待书出时，还可以从稿费中提成，百分之十五或二十，都可以，你说吧。”

我连忙表示，这一点不必考虑。

过了一会儿，又忽然说道：“你该拜帖子了。”于是告诉我，何以为拜帖子。但末了却说：这是开玩笑，你可不要给我送帖子。“我一生得力于两位老师，一位是启蒙的先生，一位便是鲁迅先生了。我们交往了八年。那时我常常往他家里跑，一聊就是大半天。有时有个字认不得，也要去向先生讨教。在他家里吃过无数次的饭。先生谈兴浓起来，什么话都和我讲。”他一共上过四所大学，后来又去德国读书。

三月十五日（星期二）

为梵澄先生抄稿。

四月十一日（星期一）

到梵澄先生家送《异学杂著》校样。

出门一看，漫天昏黄，狂风起处，卷起沙尘，直扑得满头满身。

四月二十日（星期三）

又起黄风。

往梵澄先生处取校样。

六月十二日（星期日）

到谢选骏处取抄稿（梵澄先生嘱抄的《〈薄伽梵歌〉论》，

他请了妻弟来抄）。

六月二十五日（星期六）

清早往梵澄先生处送抄稿。先生今天心情格外好。先示我一首《登泰山》，系此番往山东朝圣所作，又嘱我当场抄录下来。而我心里想着服务日的事情，急忙中竟抄漏了四句半，被先生检视一过时看出，真有些尴尬。走时又执意送我下楼。

八月三日（星期三）

到梵澄先生处送抄稿。送我一册《瑜珈论》。

八月十一日（星期四）

到梵澄先生家取稿纸。老先生检点旧藏，送了我一幅字，这却是没有想到的。

八月二十七日（星期六）

访谢选骏，将梵澄先生手稿交与他。

九月十五日（星期四）

给梵澄先生送去《异学杂著》样书。他今天心情格外好，送我走出门，竟笑眯眯地抚掌而呼："感谢大妹！感谢大妹！我爱大妹！"——所以称"大妹"，是因他刚刚在送我的书上写道：丽雅大妹惠正。

九月十七日（星期六）

下午夏晓虹送来为梵澄先生所借《散原精舍诗集》。

九月十八日（星期日）

将书送往徐先生处。少留便欲告辞。先生口衔烟斗，徐徐说道："不要忙，不要忙，你每次总是行色匆匆，有些事可以慢慢讨论的。""你我相识已有一年，作为你的小友，你想一想，我可以为你做些什么呢？你看你对什么最感兴趣，不妨花功夫潜心研究。""诗，或散文？"

对什么最感兴趣？真难说，对什么都感兴趣。

"散文吧。"

于是先生告诉我，要从最上处入手，即《左传》、《史记》，也可以加上先秦诸子。

十月十二日（星期三）

往梵澄先生处取《散原精舍诗集》。先生今天显得分外激动。他不久前收到《异学杂著》一书的稿费，因执意要从中抽取二百元赠我，以为酬劳。我坚辞不受。于是他以西方式的礼节对我表示了感谢。并且告诉我，前几日曾写了一首怀念的诗：言别期逾月，低回独尔思。真成动爻象，未是惜恩私。举酒将谁□，看花默自持。中天望星斗，应笑老人痴。他说，我像英语中的 cherub。

十月二十三日（星期日）

往陈平原处取得陈散原诗送梵澄先生处，并为之代购的宣纸和刻刀。

徐先生说，告诉你一个秘密，今日是敝人的生日（农历九月十三）。前此我几番询问，先生皆云不记得。他说，他的一些朋友也都向他打听，并曾到所里查询，岂知先生连一纸履历都没有，当然也就无从获得。

因问将如何度。答曰：有什么可度？练字，读书，写文，如此而已。昨日尝倩工友购鱼一条，或可烹而食之。你来正好，共进午餐，如何？这里有上好的咖啡，为你煮一杯。

——婉谢。少坐即辞。

十月二十七日（星期四）

往谢选骏处取梵澄先生抄稿。

十月二十八日（星期五）

黄昏时分，往梵澄先生家送书及抄稿。送我出门时，先生说："你来看我，我非常高兴，希望你能够常来。不过你应该接受我的款待，吃一些点心，喝一杯咖啡，要学学做'俗人'，你的'雅'，让人不能忍受了。"

十一月十二日（星期六）

往梵澄先生处取《散原精舍诗集》送交陈平原。徐先生送我一册新著《老子臆解》。他说，此书自酝酿于胸至印行问世，前后总有二十五年了，但稿酬所得不过五百元。言下颇生感慨。

十一月二十一日（星期一）

清早往北大畅春园陈平原伉俪新居，与我之居相比，可称豪华了。取得《散原精舍文集》。

将书送至梵澄先生处。他力邀我与之同往吃饭，坚辞。

十二月五日（星期一）

往朝内，接到浙江社寄给梵澄先生的书，遂携往徐府。

徐先生笑哈哈地说："我正在'大做文章'哪。"原来他正在给贺麟的诗写序言。细问之下，方知贺是他五十多年前在海德贝格的老同学。同学之二则是冯至。冯、贺二人系同月同日生，贺长冯五年。因此层关系，每岁二人寿诞之日，徐皆邀冯、贺往某处小酌，酒饭之间，忆旧而已。今年却未循此例。询其原委，答曰：一来物价昂贵，质次价高，无甚兴味；二来贺麟年事已高，听力减退之外，言语也欠伶俐，故而免仍旧例。

送我一册今年第二期的《新文学史料》，内载冯至一篇《海德贝格记事》，所记徐诗荃者，即梵澄先生也。字里行间，非仅情深意笃，亦可见至诚之钦慕。

又送我一方自镌印章：水月一色。印钮为一拄杖寿星。

闲谈之际，说起陈康，原来也是徐的德国同学。他告诉我，陈是扬州人，平日总是气色平和，雍容有节，与之相处很好。四二年徐在重庆中央图书馆时，陈还去看过他，如今却是多年没有来往了。听说他的夫人是外国人，目前家于台湾。

交还我《散原精舍文集》。忽又忆起什么，乃开卷，翻至卷七《南湖寿母图记》，为诵以下文字：“今岁十二月为太夫人六十生日，清道人乃作《南湖寿母图》志其遭。余故亦尝履是区而不能忘者，以谓今日之变极矣。政沸于上，民揞于下，崩坼扰攘，累数岁不解。耳目之所遘，心意之所触，吞声太息，求偷为一日之乐而不可必得。当是时，如仁先兄弟者，尚能娱亲于萧远寂寞之滨，优游回翔，寤寐交适，冲然与造物者俱，不复知有世变然者，不可谓非幸也。盖天之于人，虽若悬运会以纳一世，而其沕穆大顺之气潜与通流，莫可阏遏，必曲拓余地，导善者机藏其用，以滋息人道而延太和淳德于一心，呼吸之感，福祥之应，环引无极，亦终自伸于万类，不为所挠困而获其赐。揽斯图而推之，其犹可憬然于天人相与之故也欤？”诵罢赞不绝口：“真好文字，文字好哇！”

十二月十日（星期六）

给梵澄先生送去挂历。

一九八九年

一月三日（星期二）

接梵澄先生信，不禁一惊，——厚厚一叠，写满八页纸，是岁末最后几个小时写成，新年发出的。

一月三日（星期二）

访梵澄先生。他告诉我，几日前访老友贺麟，他已八十七岁，虽鹤发童颜，却步履维艰，口中嗫嚅难为言，因觉无限感慨，归来作诗一首。

道别时，他坦白而诚恳地说道：“希望你能常来。我一个人是很寂寞的。”“过节时，不会有人来拜年吗？”“鬼才来！”“是穷鬼，还是富鬼？”先生不觉笑起来，随即答道：“其实鬼也没有一个。”

二月十三日（星期一）

接梵澄先生书，原是行草墨迹一帧，上书：史有嗟蛇岁，今谁北海儒。周情兼孔思，陋巷与云衢。太白光常大，青山兴每孤。众醒成独醉，无寐待昭苏。己巳元旦录戊辰除夕独酌一律寄丽雅大妹存玩。

随即复书一封，略云：周情孔思，今世恐已无存。颜回之乐，又有几人为然。平步云衢，或称一幸，然孔北海杀身之祸可得免乎。“青山”并不孤（李白故里，游者颇众），太白高情成绝响矣。最喜“众醒成独醉”句，老氏曰：俗人昭昭，我独若昏兮。俗人察察，我独闵闵兮。此岂不正为超上之境。先生尚有昭苏可待，我却只将红烛燃起，而吟姚梅伯之句：如槃大饼如椽烛，不祭钱神只祭诗。

四月三日（星期一）

访梵澄先生。他说，已经盼望我好久了。

交我“蓬屋说诗”稿数叶，问我可否作《读书》补白。又找出旧稿“母亲的话”，嘱我找人为之誊写。

又告诉我，对他《除夕独酌》一诗有两处解错了。“北海儒”并非孔融；太白乃是天上之“太白”。他说：“我就够粗心了，你倒比我还粗心！”

四月三日（星期一）

往梵澄先生家送稿。他见到我非常高兴，说：“我很想你。”大概人到老年会特别感到孤独。他说他有一位女朋友，是七十年代在印度结识的，美国人，研究精神哲学。有一年夏天，这位女子跑到梵澄先生那里去谈天，并带去一个水果蛋糕，出于礼貌，梵澄先生表示很好吃，说了几句好话，她竟然十分当真起来，写信让她的母亲从美国航空寄来一个。这一年圣诞，又寄来一个，此后年年不断。后来她来北京，相见时，先生告诉她：“水果蛋糕我已经吃够了。”

他的两个老同学，一个贺麟，一个冯至，贺已垂垂老矣，讲话都不容易听得清了。冯近日心境不好，来往也不多了。因此他反复说：希望你能常来看看我。

当他点起烟斗的时候，又说道：“我现在对自己的文字已经不在乎了，送到出版社，就随它去了。”

八月十日（四）

清晨天阴，八时过后，飘起细雨。

访梵澄先生，日前接到一纸短笺，其中言道：方从大连归来，此行曾作得一首五言诗，意欲烦我恭楷誊抄，然后复印若干份，以赠友朋，因请我得便将诗取回。

说起陈康先生，他说他们是老同学呢，那是在柏林学习的时候。

那时，这位陈康就有几分年纪了，现在怕有九十多了吧，归国后就差不多失了联系。在重庆时，忽然某一日这位老兄来访，由此梵澄先生还作了一首诗。以后来往仍然不多，最后一次大约是七四年，梵澄先生送他一册《薄伽梵歌》，并附一信，陈先生收书后复信一封，而并没有书回赠。

将那一首诗索来，录于下：

某道兄归国见访因赠（癸未）

牙签玉轴累缥青，东壁昼梦花冥冥。忽惊故人来在门，倒屣急豁双眸醒。柏林忆昔初相见，谈艺论文有深眷。握手今看两鬓霜，一十四年如掣电。当时豪彦争低昂，各抱奇器夸门墙。唯君端简尚玄默，独与古哲参翱翔（按谓柏拉图与亚里士多德）。

自从不醉茱茵酒，世事浮云幻苍狗。我归洞庭南岳峰，爱与山僧话空有。君留太学恣潜研，关西清节同吞毡。升堂睹奥已无两，急纾国难归来翩。滇池定波明古绿，迤山翠黛螺新束。南国春风蔚众芳，玄言析理森寒玉。食羊则瘦蔬岂肥，广文冷骨颤秋衣。不于市井逐干没，乐道知复忘朝饥。见君神旺作豪语，大业恢张仗伊吕。中兴佳气郁眉黄，莫向蜗庐论凡楚。

诗将此君风神态度从学从业之履踪以及与之相交原委，道个淋漓。陈曾将此作示与其父（陈父做得一手好诗，且兼通书画，讳延韡，字含光）陈父称许不置。

归途中，雨大起来，鞋袜皆被浇透。

一九九〇年

一月廿二日（一）

往编辑部。

往朝内校封一、二、三。

访梵澄先生，他埋怨我为什么这样久不去看他。

又说起最近遇到一件非常恼火的事：家乡的祖坟被人掘了，是想盗宝，其实无宝，结果搞得十分不堪，是一个远房侄女为之草草收拾了，故先生说，连日来每念及此，便觉心头火起。

我提到最近商务出了一本《印度哲学史》，先生只说了三个字："不必看。"我更言之："除了解放前的那一本《印度哲学史略》以外，这大概是近年所出的唯一一本吧。""其实不写更好。"于是相与而笑，先生又说："对有的书，我只能说：'很好，但不必看。'"

他说："我和你的交往是朋友间的交往，没有功利的，而其他一些却不是这样。一位黄姓女士，来看我，提一条鲜鱼，亲自下厨烹调，共进午餐。第二天，就抱来一本德文书——翻译上碰到问题了，请我帮助解决。前几天，几位所长副所长亲自登门，还送了一篓苹果，慰问一番，结果第二天，工作就来了——某位要参加一个学术会议，因邀请了外国人参加，所以要打印英文讲稿，所以让我连翻译带打字。"

一月二十五日（星期四）

晨往梵澄先生处送书，——《神圣人生论》原著，为取室利阿罗频多手迹，作《周天集》封面题签之用。

案头已放着《读书》第一期。先生说，你们这一期发了一篇捧□□□的文章？答以"其学生所为"。乃道："□毕生也只是一位哲学教授，称不上哲学家，更称不上哲人。孔子是哲人，苏格拉底是哲人。""贺麟是哲人吗？""贺麟可以说是哲学家，他有一些自己的东西。"又说起："早些时去看他，须发皆白，耳朵聋了，说话也不大发得出声音。可前几天去看他，头发出了黑根，讲话声音朗朗，竟是返老还童了，多奇怪！”话头转回来，仍说口，说他到了“文革”时，是一点也不“哲”了，不过这都可以原谅。“原来我以为郭沫若实在让人无法原谅，后来也就原谅了，为求免祸，他也是不得不如此。有许多事情是不得不如此的。”于是谈到柔石的死。鲁迅为他的死写了一篇《为了忘却的记念》，是有难言之隐痛的。

请他题写《周天集》的译者姓名，写了几个，都不满意，乃吟道:“不着意时书便好，守真规处画难工。性灵功力交融处，一片天机造化中。”于是更取两笺，随手书下，“你看，这随便写的果然就好，刚才着意刻画就总也不行。”遂取出手绢包，钤上一阴一阳两方印，送与我。

想借诗稿一观，先说不行，沉吟一下，又同意了。取出翻阅一过，才拣出其中四叶交我，并嘱“两周内送还”。

又说起抗战时期在重庆还主编过《图书月报》，是由中央图书馆出钱办的，共坚持了七年。当日生活非常困难，国民党要员可以过得很好，但小职员们就只能吃“八宝饭”（糙米、老鼠屎、煤渣、土屑……）。

二月九日（星期五）

午后访梵澄先生。

见我所钞诗，以为小楷较前大强。因记起上午杨在电话中说，接到我的信，几欲以之去换鹅。推想近日所作之努力，果然是有些成效。

说起今人不及古人，乃以故事譬之：昔康昆仑弹一手绝妙琵琶，有欲拜其为师者，先奏一曲，拨弹未几，康止之曰：若已不可教。以所弹有胡音之故也。以是言道：古人做学问能达到一个高的境界，缘其纯也。放眼今日，已遍是“胡音”，再求境界，不可得矣。

“中西结合不可能吗？”

“无论中西，在各臻其至的地方是完全不同的，无法结合。我德国诗、英国诗都读过不少，法国诗也看过一些，那和中国诗是完全不同的。”

“没有能够代表我们这一时代的大家出，不是太悲哀了吗？”

——那只是一方面。现在老百姓人人有饭吃，这是了不起的成就，历史还没有或者很少有哪一王朝达到这种程度。作诗作文到底比不上吃饭重要。而且，现在是普遍的提高。全民素质提高一寸，就至少需要一百年的时间。

二月二十三日（星期五）

访梵澄先生。

把钞稿给他，于是借此讲起诗作中的种种好处。对几十年前的旧作能够记得清清楚楚，真令人吃惊。他说，文章倒不大能记得，诗却是不会忘记的。说起中国诗，他说，就数量来说，把全世界所有的诗都加起来，也不及中国的多。

三月九日（星期五）

午后访梵澄先生。

他刚刚完成鲁迅书目的校正工作（此事持续干了两阅月），极想放松一下，因此谈话兴致很高，一再留我多坐一会儿，并且说，我是他唯一能够谈得来的女朋友。

他说，我给你做一首诗吧，是个文字游戏，——限韵：溪、西、鸡、齐、啼；要嵌：一、二、三、四、五、六、七、八、九、十（双），百、千、万；丈、尺、寸；禁止香艳。

诗曰：万古心源寸水溪，儒林七二将山西。九天灵曜双鸣凤，一剑霜寒五夜鸡。八表帝秦三户在，天经传汉百城齐。丈夫四十强而仕，尺法千家解怨啼。

给他看最近出的一册《俞平伯旧体诗钞》，读到《遥夜闺思引》中的小序，乃道：读到这里，我又有不以为然处了。骈文的作法，是要高、古，像“不道”、“仆也”这种辞，是不能用的。此外，“孰树兰其曾敷，空闻求艾；逮褰裳而无佩，却以还珠”，“兰”字平仄不对，易为“蕙”字方可读。当然俞氏也算是一位高手了，但决不是大家。

我说：如今早不是骈文时代了，哪里去找大家？毕竟强弩之末难穿鲁缟。先生以为是。

又读到其中所收的几首词。他说，词与诗不搭界，没有人二者兼能。写诗即不要去填词，恐以词坏了诗。我生平只填过一两首，就再也不去碰。“是不能为，还是不屑为？”“是不屑为吧。词的境界何如诗的境界？诗的气象可以阔大，词却只是软柔。”“‘大江东去’也是软柔吗？”“当然不是。可苏辛词离词境已经很远了。”“玉溪生的诗也气象阔大吗？”“他的好处只在工细。”

三月二十六日（星期一）

日前接梵澄先生信，云已住进阜城路的304医院，拟作全面检查，因往探。但自复兴路立交桥转弯，一直骑至西直门大街，也未找到阜城路。几番询问，也无人知道304医院在何方。

四月二十八日（星期六）

今日是入春以来最好的一天，真正是惠风和畅，红绿扶春了。

访梵澄先生。他委我代购《文心雕龙》，再帮他双钩《泰山金刚经》中的八个字。

到琉璃厂为他买书。

五月五日（星期六）

访梵澄先生。

为他钩勒《泰山金刚经》上“波罗蜜多心经”几个字；请他为《密宗真言·序》添加一段话；把为他买的《文心雕龙义证》和为他抄的诗稿交接妥当。

转告老沈的话：三联准备出《密宗真言》一书。

最后请教他两个德语上的问题。

他说：“做你的朋友真不容易啊。”“为什么？”“必须随时能够回答你的问题，而且还得精通德语，随便你问什么，都能立刻答上来。”

梵澄先生说起，万人称谀之事，宁可不做；为一有识者讥的事，不可为。随即举了姚广孝的例子。

五月十六日（星期三）

发稿。……

午后继续完成扫尾工作，然后与老沈一起访梵澄先生，谈《密宗真言》一书的出版。

六月十一日（星期一）

下午给梵澄先生送去《周天集》校样。前番与老沈同去拜望，原是约定邀他和缪勒会见，在健力宝酒楼吃早茶的。但自那之后，老沈便把此事不再提起。今日先生却说：“这事不去管他，我倒真心要请你们两位在那里吃一次。”我一再说不必，最后说：“此系师出无名。”“就算联络友谊吧。”“已经有了友谊，还需要联络吗？”“那就增进友谊吧。”

六月十八日（星期一）

到梵澄先生处取《周天集》校样。他说起对外国传教士要保持距离，——系指缪勒先生（今按：当日老沈组织我们几个编辑从他学德语，每周一次，是无偿的）。他说不想用他的赞助来出书（他译的《密宗真言》），因为这样做有失我们大国风度。对东西德统一问题他也表示担忧。“不过现在还关系不大，要二十年以后再看。”

临别，他突然说：“你一点儿也不知道自己是怎样的。”什么意思？我没弄明白，就又重复问了一下：“我不知道自己吗？”“是的，你不知道你给别人的印象是怎样的。”“不知道，大概是傻乎乎的吧。”他却说：“可爱到这个地步，学问又做到这个地步，谁不喜欢呢？”

七月九日（星期一）

下午访梵澄先生。他送我一册《薄伽梵歌》，一册《安慧〈三十唯识〉疏释》。他说本月十九号将赴张家界旅游，趁便在长沙将祖坟被盗事料理清楚。我也告诉他将有敦煌之行。“那么我们要好久才能见面了！”“哪儿会好久，顶多三四个星期。”“一日不见如隔三秋啊。比如这一次，至少隔了两个星期，就是四十五年啦。”

九月三日（星期一）

陆灏来。带他往访梵澄先生，不遇。邻人言：一周前入院检查身体了。

十月二十三日（星期二）

访梵澄先生。

先生自湘西归来后，即入院，滞五十五日，上周方回寓所。今日看来，气色仍不错，精神也健旺。

得其两帧照片，一摄于印度，一摄于此间。

说起吴伟业与钱谦益，他说，我很同情梅村，也能理解他，只将他作一大诗人看便了，倒不必去论仕清之类。

提到下周是他的寿诞之日，则曰：向不过生日，不过是离死更近罢了，有什么值得庆贺。有多少人打听，至今秘而不宣，连最好的朋友也没有告诉。说到这里，想起什么，乃道：“你比最好的朋友还要好了？”

十月二十四日（三）

昨日徐先生言道，《鲁迅研究月刊》载文《鲁迅重订〈徐霞客游记〉题跋》提到“独鹤与飞”句系化用老苏《后赤壁赋》，不对，此句乃出自韩昌黎文集，是言及柳宗元的一篇。顺便又说道，王荆公句“已无船舫独闻笛，远有楼台始见灯”，有易“已”为“近”者，文意不错，对仗更工，却韵味全无。再如“人事岂能无聚散，亦逢佳节且吹花”，有将“吹”作“看”者，失与前同。

十月二十九日（星期一）

访梵澄先生。

先生素服王湘绮，今由《王闿运手批唐诗》又道及湘绮楼的许多轶事。他说，这部手批不是王的字迹，当由其学生所钞。王的手批本，他早年是读过的，且记得很熟，今日此本中不少调侃语被节去。

十二月三日（星期一）

访梵澄先生。

问及前番信中提及的“爱娃”为何许人，答曰：对门的一个小姑娘。并说，我是看着她长大的。小时常抱来放在桌子上，有时放在膝上，常常尿湿了我的衣裳。现在已经七岁，上学了。她爸爸妈妈都上班，小姑娘下午三点钟放学，家里没人，就到我这里来玩，可有意思了。记得小时候，大概一岁左右吧，还不会说话，穿了姐姐穿破的一双鞋来找我，指着鞋前面的一个洞，“嗯、嗯”地向我告状。没有办法，我亲自跑到百货商店去给她买了一双。

问起请他给陆灏写字的事是否应允，他先笑了起来，拿起桌上的一张纸让我念：

易久

裘龄

石以钺

陆灏

尚武

石恬中

靳道峨

孟嘉理

易桐

王导

董丹

石光动

田新

贺愚

我念了一遍，不解其意。于是要我再念，仍不明白。还要我念，这次方读出一句：一九九〇。于是接了下去：六号上午十点钟请到我们家里，一同往到东单吃广东点心和鱼。

老先生也够诙谐！

他笑道："是看了信中的'陆灏'二字突然想起来的。"又告诉我，写字当然可以，可我现在没有笔，又没有墨，怎么办？于是赶快答应帮他去买。

说起最近又有三位老先生仙去：冯友兰、俞平伯、唐圭璋，道：若作盖棺论定的话，俞要高于冯。但又补充道：对冯也是能够理解的。

冯早年与贺麟都在西洋哲学名著翻译会做事，那是国民党出资办的。贺晚年入党了。我问：您为什么不入党呢？答曰："贺不甘寂寞，而我，甘于寂寞。""三九年，从德国回来，到重庆，当时国民党办了一个干训团，我的一个好朋友蒋廷黻对我说：这个干训团一期只有两个月，你去参加一下，出来之后，我保证可以让你干个图书馆馆长。我说：即使只有一个月，出来后你能用金子为我打造一所房子，我也不想去。""蒋还是不错的，挺够朋友。后来我去印度，他也是帮了忙的。后来他去台湾，办起了'故宫博物院'。"

谈到蒋介石当年曾想见陈散原。陈时在庐山，乃对来人说："蒋介石是什么人？"先生说：陈散原怎么会看得起蒋介石呢。我说：他不是也看不起袁世凯吗？先生称是。

由此提到蒋当年还想结识的一个人，是马一浮。先生说，马一浮的学问好，字写得好，诗也好。当年与一女子订亲，但未及迎娶，便逝去了。于是马终生不娶。当日生活很困窘，老丈人时或遣人送些钱款周济，马皆婉谢，即使悄悄放在抽屉里，一旦发现，立即退回。马也是看不起蒋的，但蒋对他还算仗义，四几年逃难时，交通乱成一团，蒋特地派了一艘专轮将马一路送回。

又说当年到德国留学，家中有两种意见：二哥和父亲支持；大哥和母亲反对。最后当然还是去了。只是后来举家逃难到上海，大哥说什么也不同意再寄钱（当时家中的经济是由他掌握的）。而在德国本来有可能争取到一笔奖学金，但驻德公使注意到他与鲁迅通信往来密切，又在德国参加过几次什么会议（是左派学生主办的），于是被目为左派学生，终是未予通过。

十二月二十日（星期四）

往梵澄先生处。

记起金克木先生几年前说过的话，因问先生当年返国之时，是否也有去台湾的打算。答曰没有。因对国民党未存什么好印象。“至今还欠我半年薪水没发呢。”——那是到了印度之后。相比之下，觉得共产党要比国民党好，大陆也远比台湾稳定。

目前正在写王阳明学述。原是应《哲学研究》之约写一篇文章的，但摊子铺开来，就越作越长了。他说，湘人历来尊宋学，甚至毛亦不例外。见桌上有一部二十五史合编，诧其能读如此细字，先生道，只因加意保护，所以至今视力很好（平生绝少看电影，电视根本不看）。

一九九一年

二月七日（四）

上午往访徐先生。

坚持预付《读书》一年之款，决不接受赠刊。曰国内这种现象很不好，国外就决无这种做法。

说起赵之谦，说道有一次几位文士聚在一起品评正德年间的鼻烟（鼻烟以陈为优，此为出土旧物，自是陈之又陈），赵品为："中无所有，唯以老见尊者也。"亦是一谑，律以某人，更恰。

又道：目今乃是一个混沌局面，既非中，亦非西，旧已失，新又不立，正不知何谓也。

四月十三日（六）

往编辑部。

访梵澄先生，他正忙着阅《苏鲁支语录》的校样。谈起此著的翻译经过，因说鲁迅先生办事极是爽快，而且非常负责，译稿是鲁迅推荐给郑振铎的，郑当时手中已有一部全部译好的稿子，却放过不用，接受了徐译，而那时，他才刚刚动笔，是译好一卷交出一卷，“这是鲁迅先生的面子吧”，先生说。当时他手边拮据，于是提出预支稿费，鲁迅因此在给郑的信中婉转提及（大概是写了一句“他可是有条件呀”）。后郑还对徐说：“你原本可直接对我说啊！”

归途中，突生灵感，回家写就一篇访问记，寄陆灏。

六月七日（五）

夜雨。

访梵澄先生。几天前为他做饭的工友回家去收麦子，要三个星期后才回来，这些天只好自己举火，常吃的是面条，有时也买一只肉鸡来清炖，放上枸杞、党参、红枣、栗子、黄芩等中药。他说，过去凡离家，哥哥总要买一只乌骨鸡来如此清炖，以为饯行。后来想到，大概“乌”即取“青”之意，谐“亲”，是亲骨肉之谓吧。而那时要买乌骨的，便总能买到，会挑的，一眼就能看出来。

月前先生曾有信来，云家中备有蛋糕，虽不甚佳，但尚可食。因匆匆登程，未及前往，当日已悟到此蛋糕非彼蛋糕，或另有所指。归来，志仁问起：社科院宗教所可有什么人邀请你去吃蛋糕？言下颇有疑色。今日先生乃道：前番蛋糕云云，是否会得其意？是我的几篇旧作，又不便明说，现请你拿去看看，能否用。遂携归两小捆（一篇一捆，是如贝叶般的小长纸条）。

先生说，就像女儿回娘家，总要卷走点东西。

归途落雨，幸不大。

七月廿日（六）

访梵澄先生（将誊抄后的稿子送交，请他再作删改）。

午间硬留饭，虽一再辞谢，只是不允，并道：“今天你若不留下吃饭，以后就再也不要来了。”只好从命。

饭菜甚丰盛。前日对邻的詹大姐全家往西宁旅游，将冰箱中的存物都送到这里来了，有扒鸡，笋干炖肉，红烧腐竹，炒豇豆，还有一些煎花生米。主食为面条，煮得稀烂，未放油盐，放了三个酸极了的西红柿，面条盛入碗中，再洒以作料。炖肉极淡，腐竹有一股中药味，总之，饭菜皆不可口，而先生之情盛且挚，不断向我碗中夹肉，大约吃了有十余块。先生喝酒，我喝雪碧，一顿饭连做带吃不到一小时，饭菜皆剩余大半。

饭后又一再留我多坐一会儿，并希望常来，最好每周一次，来即共饭，他说，姚锡佩就比我大方得多。

一点十分辞出，往编辑部。

八月卅日（六）

往编辑部。

往梵澄先生家送稿，先生家里终于装上了电话。

九月廿三日（一）

访徐梵澄先生，取合同，取稿件，临别时，硬塞我两块月饼（八珍花粉）。

十月十六日（三）

午间往梵澄先生家，送去《周天集》样书，他说刚接到稿费一千五百元，已存入银行，待过节时，给我提成五百元，自然谢绝，先生道："再说，再说。"

说起与许广平的一些不愉快，他说，每次去见鲁迅，谈话时，许广平总是离开的，"我们谈的，她不懂。"关于抄稿子的事，他说："原以为鲁迅有几个'小喽啰'，没想到一个也没有，却是让许广平来抄，她便生气了。"又说到，"看了你们的第九期，有一页文字全部可删。"（即吕叔湘文中的最后部分）

十一月二十六日（二）

往徐先生家送挂历。

讲起他的那一篇《星花旧影》，他说，还有不少话都删去了，当日稿成，曾拿给一位老朋友去看，那位指某某处说："这话怎么能这么说？"又指某某处道："这也是不可以的。"结果大事笔削，"那么现在把它写出来不好吗？可作一篇补遗。"先生只是摇头。说："海婴还在，我和他关系很好的，有些事讲出来会让他不高兴。"于是说起当日和鲁迅一起吃饭的情景，

"一桌上，我，先生、师母、海婴，还有他的一个小表妹，——是师母妹妹的女儿。先生总是要喝一小杯绍酒的，我也喝一杯，而海婴总是闹个不停，一会儿要吃小妹的菜，一会儿又要这要那，弄得先生酒也喝不好。我就讲：'我小的时候，总是单独一个小桌子，一碗饭，两碟菜，规规矩矩地吃，与大人们那一桌毫无影响。'先生当然明白我的意思，于是慢慢说一句：'个把孩子啰！'也就过去，先生对这个独生宝贝是有点溺爱的。"

问起先生的家世，他说，祖父一辈做过官的，但不大，中过举人。伯父在镇上做事，借了皇库的银子，围湖造田（洞庭湖干涸的部分）。这片地很肥，产量非常高，粮食运到长沙去卖，三年就还清了债，以后就把钱用来买了不少长沙周围的地，家里就这样富起来了。他们这一辈的堂兄弟（先生最小）念书都念得非常好，但科举一废，一切都完了，有几位没有事情做，就躺在家里抽大烟，家道便中落了。他有一个哥哥到美国留学，后来去了台湾，八十多岁去世，这一辈中只剩下先生一人了。又问父母在世时，为什么没有订下婚姻？先生说，抗战，留学，始终没有安定，后母丧，依礼守制三年，不可言婚事，再后又父丧，仍是三年，一拖再拖，也就拖了下来。

临别，一定要给我五百块钱，说是两次为他编书的提成。坚拒，而不允，一再讲："这是我的一份心意，而且，我留着钱也没有用，我早想好了，死后全部遗产捐给宋庆龄基金会，也就完事大吉。我发现，近来生活费用越来越高，我希望能够用这点钱作为补助，或者你用儿子的名义存入银行，定期十年。”为此反复争执，看看实在无法说服他，也只得如此。或者可以用这笔钱托人在海外买几盒上好的烟丝，先生每叹国内的烟丝质量太差，说烟叶是好的，只是制作工艺不过关。也还可以买一盒漳州印泥及好刻刀之类的用品。

前些时曾陆陆续续抄过一些先生的诗，后辍。今日决定重新来过，好好做一遍。先取卷一三十叶。

午后飘起细雪。

又记起先生所说，当年祖母很是操劳，一年下来，光是为儿子们做鞋，就做了一箩筐。故祖母病重时，伯父一辈都非常着急，求医问药皆无效，后祖父决定请神，遂备了重礼往陶公（名陶淡）庙，儿子们依次剪下辫子的一截，供在香案上，意为减自己的寿以为母亲添寿。但祖母还是故去了（得年七十余）。然而据先生的姐姐讲，祖父一辈人，皆是六十多岁亡故。看来神的买卖也是只可减不可加的。

十二月六日（五）

往发行部，取《周天集》作者样书，然后送往徐先生处。带去刻刀及在东大桥食品商场所购茶叶、饼干等物。先生一见就笑了，说那笔钱不是让你这样花的，那意思是请你存进银行，自己慢慢使用，即使是为我买东西，也不必这样急呀。我发现你真是一个急性子，就像你喝咖啡一样，每次总要咕咚咕咚一气灌下去。

“你的那个陆灏呀（应该说你介绍来的陆灏），没有前途！”突然说了这么一句，听后不免惊讶。原来是他最近收到寄来的《文汇读书周报》，颇有不以为然之处，如所刊魏广州一文（《〈书林清话〉的得与失》），连《书林清话》作者的名字都没有提。认为周报终究“海派”一类，是留不下痕迹的。“报纸可以不去管它，不必费什么心思就能拼出一版，但希望这位陆灏学有专门，无论如何一定要用心专一门，不然的话，没有什么发展。”

送我一册《周天集》，在写下“丽雅大妹惠正”几个字的时候，说道：“我晚年得遇这样一位大妹——”

又说：“有一件重要的事情要做，就是凡经你手发的稿子（指先生的稿子），都请你把它剪贴起来，装订在一起。”当下就把刊在《读书》上的《蓬屋说诗》都剪了下来。

往琉璃厂为徐先生购得漳州印泥及信笺。

一九九二年

一月十七日（五）

大风一日。

午后访梵澄先生。

他说，第十二期《读书》很好看，我却不记得有些什么精采之文。先生道，从头至尾，都说得过去，第一篇李慎之的，就很好。“您不是不喜欢□□□吗。”（李文是写□的）“对，我是不喜欢□□□，阿世，一贯的，在重庆时，就为蒋介石政府捧场，后来又为四人帮。”“可他写了一本《□□□□□》，很诚恳地检讨。”“那更不必，要就不做，做了，又何必去检讨？总是不甘寂寞罢了。”

说起昨天恰好去看望贺麟。“他看去气色很好，也有精神，但只是在床上躺着。”先生写了一本谈王阳明哲学的书，他认为只能请贺先生为他看一看，提意见，但显然已不能，不免慨叹。“当初与鲁迅先生一起探讨学问，后来再没有这样的人了。”“那么，可说是举世无知音了？”先生点头叹息而已。

煮了两杯咖啡，虽然滚烫，我的一杯还是很快喝完，先生一再说道：“慢慢喝，慢慢喝。”又道：“有一种说法，是说哪个人能够把很烫的水一口喝下去，就一定会命苦的。”“那我就命苦。”“所以，要改变呀，做什么事都要从容不迫。”

谈起王羲之的字，说：“那真是书圣，他的《十七帖》，就第一个字‘十’，我临了一个月，也不能临得像，真是不可及。王献之就差得远，草书写得圆转很容易，所以看草书就要看它的点画，看打不动的地方。楷书则不然，楷书写得规矩，就容易板滞，就要看它打得动的地方。”“我的字呢？”“你的字比王羲之还好！”先生马上接口说道，然后大笑，遂又认真地说：“你的字可追你的本家赵松雪。”“赵松雪可不好，他的字，人讥为媚。”“他的媚却是从北魏而来。”“北魏是拙啊。”“对呀，但他去其棱角，不就是他的媚了吗？”

问及先生的先生尚有健在者否，答曰一个也无，犹记家乡一位私塾先生，文章做得很好，曾作文嘲骂何键，后何省长封了六百元送来，于是缄口。“文人这样好买呀！”先生笑起来，又说：“那时他打分，总是给我打110分，115分，也很可怪。”

四点钟辞出，往编辑部。

二月一日（六）

访梵澄先生。

委我代买几册书，但事先写下的一张纸条找不见了，一边翻一边怨自己书籍信件的散乱，我说：“先生该请个秘书才是！”“这事却不好办！”“有什么不好办呢？”“做秘书不得某人，而某人正在做编辑，——正在三联书店做编辑，这事当然不好办了。”

交下一百元：买书，订《读书》杂志。并一再申明：他从来没有接受过赠阅的杂志，先前在国外就没有，现在也决不打算做。“中国的这种习惯太坏了！实在太不应该。”于是讲起德国的一位德索瓦。“他一个人办了一份艺术杂志，一办就是三十年，最后自己也成了一位美学家，大师级的美学家，并且到大学授课。我听他的课，是听不厌的，一节课四十五分钟，他每次讲两节，九十分钟，中间有十分钟的休息，于是他对同学们说：我要提前五分钟下课，那么课间就改作五分钟，每次他都是非常准时的。”

已为《读书》写就四则《蓬屋说诗》，第五则刚刚开始，——写下了第一行。先生告诉我：“在国外有看不到中国资料的苦恼；在国内，又有看不到外国资料的苦恼。”“现在写这些东西，全是凭记忆，虽然明明脑子里记得很清楚，但到下笔时，还要找来原著核对才行啊。”

说起易实甫，先生说他的诗是能够独树一格的，我道：“钱基博的《现代文学史》对他评价很高。”“钱立意高，所以写出来可以不得罪人。他是很会给人戴高帽子的，王湘绮就不同，他就敢说：陈石遗没读过唐以前诗。”

“前不久看了钱钟书的《宋诗选注》。”“怎么样呢？”“太少，选得太少。”“那是受时代所限，那时只能选‘反映劳动人民疾苦的诗’。那么，注得还是很不错吧？”“当然，他是一个大内行。”

拿出两张临《礼器碑》的书法，是为一对姚氏姐妹写的。“这是应付俗人的，她们要大，你看，这两货船比沙发还大了。”我随即接口道：“那么当年给我写的呢？”“那当然是给雅人的。”

每次道别，都要说：“我认识了这样一位大妹……”今天又特别加了一句：“读了这么多书，知道这么多事。”“我认识先生太晚了，不然会有些长进的。”“现在已经很有长进了。”

往编辑部，将先生的订阅费（26.40 元）交贾宝兰，并开了收条。

二月三日（一）除夕

往灯市口中国书店，为徐先生购得《剑南诗稿》。

二月十九日（三）

往梵澄先生家，送去《剑南诗稿》、稿费、海南咖啡，又将前次取到的《蓬屋说诗》交他再作修改。

谈了不少清末民初的掌故，从先生的乡贤说起，王闿运、王先谦，先生说，他都不佩服，还有叶德辉，都是劣绅一流，学问也算不得怎样好，皮锡瑞是好的，郑沅也有可说，郑被哈同招往上海，在他办的一所大学终老。又讲起王湘绮的一桩佚事，——此前曾听先生讲过，却是记不太清，所以很有兴致再听一遍：湖南某县一个和尚犯了事，被枷号示众，于是托了人送礼，请王说情。这情却不大好说，——不是有些失身分吗？王便坐了轿去衙门访县太爷，县太爷自然是恭敬如仪，然后恭恭敬敬送客，走至被枷的和尚跟前，王说："这个和尚，枷得好！枷得好！前些日子和他下棋，一个子儿也不肯让！"有了这话，县太爷还能不买帐？和尚得释。

二月廿九日（六）

访梵澄先生，送去稿费和烟丝。看到《文汇报》上陆灏所写《徐梵澄》一文，先生说，是楼上邻居送来的。问观感如何，答曰："文字是好的。""是用我的文字来写我。"文章配有天呈所绘漫画头像，我说："很像，对不对？""当然像。""画儿比文章好"，先生又笑道。

先生早是宠辱不惊，他说，有人赞扬我，我也并不感激，写文章骂我，我也不生气，这一切，皆于我无损。又举庄子"材与不材之间"的一段话说，若革命者，如康梁之辈，抱定革命的宗旨，自然是要求名的，否则没有号召力，若没有什么特别的目的，则全不必刻意求名，只求"材与不材之间"可耳。

先生的学名为琥，谱名为诗荃，号季子（最小的一个孩子）。他说，我不喜欢这个琥字，家谱向上溯，可说是中山王之后，但中山王又分为两支，在南京的一支，不附建文者，大多被杀。江西还有一支，先生一族，是江西支脉。张献忠时，屠戮甚酷，蜀中几乎赤地千里，于是两湖人前往填补空缺，江西人又来两湖填补空缺，先生一族便是此时迁湘。家道中产（“土改”时定为富农），先生这一辈，只有几个举人，“土改”后，他的大哥靠变卖家产及鬻字过活（房产也已作价充公）。先生一九四五年去印度，就再也没有和家中联系（一九三八年长沙大火，先生家正遭此劫，顿成焦土。后由他的哥哥重建）。

说起日前到公园散步，买了一块钱的爆米花，很是有趣，——送与两位邻人各一大碗，自己又吃了不少，结果还剩下一大碗。他说，以前也是吃过的，那是小时候在雅礼中学（一所美国人办的教会学校）读书的时候，圣诞前一夕，教长（一位华侨）把学生们请到家中，就做爆米花吃。

硬要给我烟丝钱，我说那是在五百元之内的，先生说，你怎么不明白我的意思呢，——你我都是“穷措大”，送你这一笔钱，是希望能够有些周旋，能过得舒服。

这番心意怎么会不明白？但只能心领而绝不能受呵。

三月十六日（一）

午后访梵澄先生，送去为他抄的诗稿，及代买的书。

请他无论如何要为汪子嵩等著《希腊哲学史》写一书评，先生说，目前正忙于《〈薄伽梵歌〉论》的校订，无暇及此。但这部书稿还没有找到出版单位，何必这样着急，又为什么不能放一放呢？先生将《诗·大雅·皇矣》中的一句话写在纸上，“不大声以色，不长夏以革”，然后说道，夏与暇通假，革与亟通假，那么你就明白了，我做的事，就是“不长暇以亟”，做事情总要从从容容，而且，你不能强迫我写文章啊。

四月二日（四）

继往梵澄先生处，按照事先约定，周国平三点钟到了。徐先生还记得，我第一次来，是周“带”来的，并且，同行者尚有杨丽华。

忆起旧事，先生说，很奇怪，在鲁迅先生逝世前不久，他突然对鲁迅先生说道：“我想见见郁达夫先生，不想说话，只是想见见。”鲁迅先生闻言，低头沉吟不语，许久许久，才抬起头，显出默许的神色。但还没有几天，鲁迅先生就去世了。先生往万国殡仪馆吊唁，见到一位身着长袍的人，一眼望去，便断定，这一定是郁达夫，但怎样证实呢？很快，就在林语堂主编的《论语》还是《人间世》上看到了郁达夫的照片，果然就是那天见到的人。

先生说，印度人对中国人的压迫是无所不至的，我便问道：

“那为什么还在那里留了这么多年啊？”“是‘母亲’（按即《周天集》的作者）不让我走，六〇年，我第一次提出要回来，就被极力挽留；过了几年，我再次提出，这一下惹得她大发脾气，所以一直待到了她逝世。”

四月十四日（二）

午后访徐先生，送去陆灏带给他的烟丝。先生说我在接人待物方面要好好改一改。说我阅世未深，不懂世故，还是一片天真烂漫。

五月七日（四）

访梵澄先生，送去稿费与烟丝。他说，自从《读书周报》和《文汇报》发了那两篇文章之后，他添了不少麻烦，有人几次三番投书求见，也只好见，“我一直在北京，没有人写文章的时候，你不来见；现在文章出来了，你又觉得怎样了不起，赶快来见！”先生颇以为不然地摇着头，仍是那一种名利于我如浮云的态度。我突然想到顾贞观《金缕曲》中的一句。就念了出来：“把空名料理传身后。”先生立刻接口道：“这是顾贞观的《金缕曲》。”然后一口气把前一首“季子平安否”一句不差地背了下来。

又劝我一定要改一改性子急的毛病，“这样是要终于贫困的！凡事一定要从容做来，一定急不得。”

六月四日（四）

访梵澄先生，送去诗稿与烟丝。辞别之际，先生送到门外，说："你要常来才好，最近我常感觉很空虚。"看先生一天到晚总有做不完的事情，似乎生活得很充实，怎么会有这样的感觉？

夜来了阵风风雨雨，温度一下子由三十四度降到二十三度，预报说，可得两日凉爽。

七月六日（一）

访梵澄先生，送去稿费和代购的咖啡。他说这一期（第八期）发的文章，经我们的删削，竟是去了芜杂，更显得干净了（其实是因为版面涨出六行字，不得已才删的）。又说，他的文章是有文气的，一种沉静之气。我连忙问："那么我的呢？""你还没有达到这一步，但已是不浮的了，现在好多文章都很浮。"又问觉得周作人的文字怎么样？却连连摇首："周作人，不谈，不谈，我从来不谈周作人。"

七月十八日（六）

往中华书局，从卢仁龙处取了徐先生的《老子臆解》校改本。

八月廿六日（三）

访梵澄先生。七月十五日——八月二日由人事部组织往烟台游览，便讲起此行经历种种，一行人年龄最高的是九十三岁的盛成，先生倒还算岁数小的，游刘公岛，一人独自登到顶上，下来后几乎失群，原来大家都只随意走走就离开了，走后清点人数，才发现少了一位徐先生。

说起近日在读鲁迅，不觉问先生道：“鲁迅先生怎么这样好骂？”先生说：“鲁迅先生待人太厚道了。”“那为什么……”“厚道是正，一遇到邪，未免就不能容，当然骂起来了。”又说：“随便给你举一个很小的小例吧，一次我看到鲁迅先生家中。——那时候在上海没有什么朋友，所以到了这里，话就特别多。先生坐在桌子边，一个保姆抱了海婴在一边玩，我在屋子里走来走去地发议论，先生只是听，却突然很是严厉地哼了一下，我几乎吃了一惊，但仍然又说下去。一会儿保姆抱着海婴走了，我才低下声音问：‘先生，刚才是怎么一回事呀？’原来海婴在一边不断地咳咳咳，是患了感冒，先生怕传染我啊。”

送我一册《苏鲁支语录》。

九月廿五日（五）

访梵澄先生，送去《广雅堂诗集》。委我办理《老子臆解》再版事宜，将前番写了一面诗的扇面又补了一面画，是重荷，并题曰“重荷者，重荷也”，问道：“知道这是什么意思吗？”答曰：“该是不胜其负吧！”先生大笑起来，又说：“毛笔不好，本来花是应该用细笔勾出的，如果不满意，就等‘再版’吧。”

九月廿六日（六）

往中华书局，为梵澄先生送去再版合同。

十一月四日（三）

午后访梵澄先生，提到贺麟先生谢世，请他写一篇纪念文章，他沉吟半晌，然后摇摇头，又加了一句：“我有对他不起的地方。”问什么事，又不说，只说是在归国后的抗战期间。又道：“要我心里流出来、欲罢不能的时候，写下的才是好文字，若是外来的压力，就一定写不好。”“我是写了一副挽联的。”于是检出一个小纸条给我看，是：“立言已是功勋，著作等身，寿登九秩引年，桃李心传阅三世；真际本无生死，风云守道，祚植五星开国，辉光灵气合千秋。”

“贺麟是有风云之气的。”“那么先生也是有的了？”“我可没有，我只有浩然之气。”“那鲁迅先生有。”“对，那是大大的风云之气。”随便聊了一会，不知怎么又聊到王湘绮，说起他的那一回“齐河夜雪”，我说：“王湘绮是有风云之气的。”“对，但‘齐河夜雪’一事，可见他‘风云守道’。”这一下又转到贺麟，“贺麟晚年入党了，我还开玩笑地写了一封信”，接着就背诵那封信的内容，但先生的乡音却不能字字句句听得明白，大略为：“甫闻入党，惊喜非常，当以吃香酥鸡、喝味美思酒为贺……”他说，我们聚在一起，常以吃香酥鸡、喝味美思酒为乐，“这自然是开玩笑了，这就是老朋友的好处。”

十二月廿八日（一）

访梵澄先生，说起陆灏，他说，总觉得太可惜了，——人这样聪明，却没有好好攻一门专业，“人总该给这个世界留下一点可以留下的东西。”“那么先生认为自己可以传世的，是什么呢？”“《五十奥义书》、《薄伽梵歌》，可以算是吧，此外《老子臆解》，有二十三处，发前人所未发，也算有些新东西。”

一九九三年

三月十五日（一）

往编辑部。

午后访梵澄先生，送去《周天集》原稿、三袋海南咖啡。

他说，两位老朋友先后谢世，心里真不好过，为冯至先生送上的挽联是：硕德耆龄三千士化成文学声名扬异国，素心同步六十年交谊箴规切琢叹无人。

拿出“母亲的话”手稿，托我找人去抄，我一边接过，一边说：“子曰：‘有事，弟子服其劳’……”先生立即接过去说：“好嘛，‘有酒食，先生馔’，你快拿酒食来！教你办这么一点事，也要发牢骚吗！”两人都大笑起来。

先生说起自己的生活规律是四十八小时为一周期，今天八点多钟就疲倦得不行，必要早早入睡，而明日一直伏案至午夜，亦毫无倦意，第三天又回到八点就寝。但从不失眠。“照此说来，您的寿命也要超过常人的一倍了！”

三月三十日（二）

访徐先生。

陆灏与钱文忠准备组织一套学者丛书，因欲将先生的《陆王哲学重温》纳入出版计划，但先生说，若拿出去的话，尚须再细细勘行一过，大约费时一个月。

与先生谈话，总是很愉快的，且每有所获。他常常喜欢考问，尽管答不出的情况不在少数，却也并不觉得尴尬，因为先生对我总是充满鼓励的，决无轻视之意。这一回，却不是考问，而是问“宁饮建业水，不食武昌鱼；宁还建业死，不止武昌居”的出处。印象中，似乎出自《世说》，再不然就是《晋书》，总之，是六朝人事。先生也觉得是，但不能确定，说大概是《陶侃传》中事，因嘱我一查。

归家，查《晋书·陶侃传》，只有武昌官柳，又觉得是近日翻过的什么书，看了一眼的，最后终于找到，是出自《三国志·陆凯传》中陆的奏疏。

五月五日（三）

访梵澄先生。

“陆王重温”仍在勘定中，计浃日可竟。

说起章士钊，先生说，他与章有世谊呢，——他的伯父与章交情很深，先生的堂兄法政大学毕业后，挂牌做律师，后因连举丧事，家贫无以为计，遂投书章士钊，章即为之疏通，做了省里的推事官。先生在重庆时，他的好朋友（蒋复璁？）几番拉他去拜见章。但先生想到“三一八惨案”，想到鲁迅先生的痛骂，坚持不往。

忘记怎样就说到建文帝，哦，是提起陆灏寄赠刮脸刀，先生说，已经汇了款去，——此物是不可赠人的，昔朱元璋将剃刀、度牒包作一包，赐刘伯温，谓日后危急时打开，可脱难，后遇建文之难，便启封，剃度做了和尚。又说曾在云南见到一副对联，即咏此一段史事的：

祖以僧而帝，孙以帝而僧，大业早开皇觉寺；

君不死竟归，臣不归竟死，梵钟难听景阳楼。

建文之臣有做了和尚跑到云南的，帝也做了和尚，晚年潜归帝都，无人能识。帝谓一老太监：“你爱吃鹅肉，当年我故意扔到地上一块，要你拾起来吃了。”“哦哦哦！是是是！”

我说：“这一定是野史了。”

五月廿六日（三）

访梵澄先生，他说，附近开了几家很不错的饭馆，价亦不贵，一再留我共进午餐。想想事先未同小航讲好，还是改作下次吧，于是预定为本月之末。先生说，昨天方为友人作得一幅好画，觉得很畅快；《陆王哲学重温》也已寄去，是了却一桩心事，所以这几日不打算弄学问，要好好轻松一下，已经答允为对邻廖秋忠的女孩子刻一方印章，今即拟动手。

欲借"重温"原稿一读，先生说，你只能一卷一卷地拿去，稿子已分作四五卷儿，卷起放在书架下边，先生一边取一边说："这是妹妹要看，没有办法，别人可不给看我的原稿！"

五月卅一日（一）

按照二十六号的约定，前往梵澄先生处，往新世纪餐厅共进午餐。先生戴一顶礼帽式的旧草帽（告诉我此七毛钱一顶），穿一件黄白色的绸衫，著一条灰色长裤，足登一双黑皮鞋，手提一根"文明棍"，望过去，真像是上一个世纪的人。先生说，当年在上海的时候，曾同一位外国朋友一起吃饭；事后这位朋友对人说："他是一个贵族啊。"——"外国朋友"，即史沫特莱。

前番先生说，这是很不错的饭馆，两个人二十余元就可以了，我曾表示怀疑，以为这是不可能的。今日不过四个菜（宫爆鸡丁、古老肉、烧海参、麻婆豆腐），一瓶啤酒，就费去六十余元。走出门来，先生望望我，说道："好像没有吃到什么东西嘛！"

前行不远，即团结湖公园，遂入园漫行一周，并时在湖边柳下小坐。先生说，他每日午后要到这里来走一圈，用四十分钟的时间。待要出园，又想到距园门不远尚有一方玫瑰圃，于是一起去看，却是已经全部凋谢，连残花也看不见几朵了，此时园中盛开的，只有月季和石榴。

先生说，他一生也没有匡世救国的心，不过求学问，求真理，一日不懈此志罢了。又引了鲁迅的那句名言：世上本没有路，走的人多了，便成了路。他说，他走的是自己的路。我欲问："先生有信仰么？"却又顿住，我想，前言求学问，求真理，不即"信仰"？——"信仰"，便在这永远的不懈的追求中，先生既不负匡世救国之志，又一生淡于名利，那么，全部的动力，只在于此了。

"先生记日记吗？""记的。""从什么时候开始？""去国之日，——登上去往印度的飞机之时。""将来准备发表吗？""不不不，也许不久以后就要把它付之一炬了。"先生说，日记全部用草书，文字极简，只有他自己才能看得懂，而且，多是不记大事记小事，至于某日欠工友几个钱，也记下来，下次见面，可以记得归还。

那位屡屡提起为他删去《星花旧影》中违碍之辞的朋友，原来就是冯至先生，他说，删去的是精华，留存的，其实都是扯淡的文字，“八月二十五号，我们在一起长谈，谈尼采，谈德国哲学，非常精采，竟可说是数十年来最精采的一次，也许是回光返照吧，这也就成了最后一次。”

前番贺麟先生逝世，先生曾提及，他一生有一件事，对贺不起，问，又不说，今日却讲了出来。原来是在重庆的时候，蒋介石曾欲笼络一批留德派，于是蒋复璁来找到先生，欲将他引荐给陈布雷，先生坚决推辞，说你可以去找贺麟。彼时贺刚刚出版了那本介绍德国三位哲学家的小册子，陈大为欣赏，于是蒋介石大笔一挥，批了一大笔资金，成立了一个学术委员会，由贺负责……先生打着手势说：“是我一手把他推上去的呀！”

先生的写字台上，放着一本《随笔》，原来是楼下的董乐山先生送来的，上面有他的一篇“说皇帝”。“董公这样不大好，不好随便发文章的，《随笔》品格比较低，比起《读书》，低了不止一品。”“前些年季羡林曾经指着金克木的一篇文章对我说：‘所谈何益！’可是前不久看到他自家做起文字来，仍是浮躁，甚无谓。”我说：“总是入世之人。”先生笑道：“你可以算作出世的。”

问起先生有没有出国的打算，答曰没有，“面子，架子，这两样不能不要。如果我去德国，还能够要人家提供钱吗？是应该我拿出钱来设立奖学金的，既不能，也就不去。”

先生说，他不信轮回，却信因果，因果，即缘也。与鲁迅，也是有缘，两人所读的书，多有相同者。先生叹服鲁迅的国学根柢，道他“学问深呵”。说他们虽一浙江，一湖南，地隔千里，但识见每每相合。又说与我亦可称有缘，所读之书，亦有多同。

从公园出来，到先生处取书包，又留我喝了一盏茶，辞别已是午后三点钟，这是自与先生相识以来，晤谈最久的一天。

六月卅日（三）

昨接梵澄先生电话，约我今天去吃鸡，答曰：去是一定要去的，但鸡不吃了。午后乃如约前往。

说起陈寅恪的诗，我说，总觉得一派悲慨愤懑之气，发为满纸牢骚。先生说，精神之形成，吸纳于外，以寅恪之祖、之父的生平遭际，以寅恪所生活的时代，不免悲苦愤慨集于一身而痛恨政治，世代虽变，但人性难变，所痛所恨之世态人情依然。寅恪不满于国民党，亦不满于共产党，也在情理之中。其诗作却大逊于乃父，缘其入手低，——未取法于魏晋，却入手于唐，又有观京剧等作，亦觉格低，幸而其学术能立，否则，仅凭诗，未足以立也。先生说，他与寅恪原是相熟的，并特别得其称赏。

后来先生听说他作了《柳如是传》，很摇头，以后也没有再来往。

八月廿六日（四）

梵澄先生入院检查近一月，今晨打电话来，“报告”出院，于是登门拜候。

检查结果，大体正常，只是前时患脚痛，原来是受腰椎神经压迫，经吃药、理疗，已愈。

九月十六日（四）

今岁夏不热，秋热，立秋过了，处暑过了，白露过了，展眼已是八月朔，将及秋分，仍是暑热不退。庭院中的合欢，年年粉盈盈、袅袅婷婷开一长夏，今年却止绿叶婆娑，花香早殒，窗外的柿树，也觉果实寥寥。

访梵澄先生，送去“周天集续集”打印稿（由郝德华联络新华厂，价一百五十元照排完成）。先生新近购置一张硬木大写字台（九百元），安放在卧室对面的正中央，原来靠墙的一张床处理掉了。台子上铺一方画毡，可以比较舒心地写字作画了。说到午间要为家母做生日，先生立即拿出一盒花旗参，说是“送给你的母亲”。又说有人带给他一盒云南月饼，拣出一块，硬塞给我尝新。

想写一篇纪念冯至的文章，因此又讲述了一段往事，——四十年代在重庆，《苏鲁支语录》方出版，有一位名人在报纸上写文章，道某某处译错了，于是冯至站出来同他理论，笔墨官司打了半年。时先生适在乡下，对此一无所知，待回到重庆，此已成陈案（以冯的胜利而结束）。先生感慨言道："此即朋友之为朋友也。"便想到郭沫若在《李白与杜甫》中抨击冯至的《杜甫传》，遂欲拿来做个题目。

十月八日（五）

访梵澄先生，送去代购的《法言义疏》及代借的《李白与杜甫》。

为我倒了一杯"倒转咖啡"，他说这是德语的叫法，——平常都是多量的咖啡，少量的牛奶；而这是多量的牛奶，少量的咖啡。

商量编选一本《母亲的话》。"母亲"是室利阿罗频多的助手，后者办了修道院，后由"母亲"接过。"母亲"是贵族出身，名叫米拉（其实也还不是真名实姓），哥哥是阿尔及尔的总统。先生说："她厉害得很啊！"——我在地板上睡觉，左肩着了风湿，胳膊抬不起来，到医院问诊，也没有效果，过不久，牙也疼起来。有一天早上，在院子里与"母亲"相遇，合掌打过招呼之后，各自走路，忽然"母亲"猛地一回头，瞪了我一眼，一道目光射过来，回去之后，牙也不痛了，臂也不痛了，竟这样奇迹般地好了。"这目光是一种力，一种巨大的精神之力。"

临别，又塞给我一盒月饼，一个橘子。

十月廿一日（四）

陆灏来，同访梵澄先生。被先生硬留饭，——在团结湖左近的天天渔港共进午餐。四菜一汤：生菜鱼汤、菠萝鸡片、宫保鸡丁、银芽三丝、咸鱼肉饼（共费110元）。饭罢辞别，陆则留下与先生继续盘桓。

十一月廿九日（一）

往编辑部。

继访梵澄先生。

说起名利，先生说，我要是求名，早就入党了。刚回国的时候，贺麟就劝我，写个申请书入党吧，像你这样的，哪里找去呢。可我不。贺麟是风云守道，有风云之气，但仍守道；我是守道而已。

问他当年为什么要去印度。

“想好好学学梵文，精研佛教。”

“又为什么要研究佛教呢？”

“我要是不学佛，早被女人吃掉了。”

于是说起方自德国留学归来之际，颇多追求者，且攻势都特别厉害。先生一来对这种攻势受不了，二来更想好好做学问，所以避之唯恐不及。

“那么就一生不动情么？”

“这要问我自己了，在印度的时候，曾见到一个法国姑娘，秾纤得中，修短合度，觉得很可爱，如果说动情，这就是动情了吧。有一天走在院子里，仿佛觉得‘母亲’回过头来对我说：‘你的一点心事就这样排遣不掉吗？’心中悚然一惊，从此就一下子排遣掉了，再也没有什么想法。以后才知道了这个女孩子的名字，她和我的一位德国朋友同居了。回国前不久，我曾经到‘母亲’花钱建的一个新城去走了一走，经过她住的一个竹楼，她远远看见我，立刻把我让进屋，又吃了午饭，还在竹楼里午休。看见她在铁笼子养了好多猩猩，一只猩猩病了，还给它打针吃药，便很不喜欢，这是玩物丧志。”“‘母亲’的精神力量是巨大的，我能够把室利阿罗频多那样精深的《人生论》翻出来，没有精神力量支撑是不行的。”“我觉得这样很好，我对走过的人生道路一点儿也不后悔。”

写了《诗经》中的一句递给先生：不忮不求，何用不臧。先生说：“是的啰，是这样的。”

十二月三日（五）

又记起梵澄先生那日说起的与鲁迅先生的交往：鲁迅先生在内山书店，总是坐在一个火盆旁边。有一次我去，看见桌上摆着一碟很漂亮的日本糖，做得非常精致，一颗一颗，像水晶一样，就放在嘴里一颗，但不过是糖而已，——只是甜，再没有别的，便吐出来，丢进火盆。先生于是一声不响，拿起火钳，把糖夹出来。我很不好意思，连忙说："我的牙不好，不能吃甜的。"

十二月卅一日（五）

访梵澄先生，送去为他抄竟的诗稿及代购的书。

持了一册《榗柹楼读书记》，初心只是让先生看一眼就收回的，也并不说明是谁写的书，但他一翻开目录就说："这好多文章是看过的呀！"又道："多少钱一本？"看了定价就要一起加在今天的书帐上，忙说："这不是为您买的，这里面的文章您也不会去看。""我要看的，那么就是赠送，要签名啊！"说着就到写作间去拿笔，我连连摇手说："字是一定不能写的，绝对不能！"于是引了钟会怀了《四本论》送嵇康的故事，还没讲完，先生就笑起来："对，应该远远丢了进来。"也就没再勉强。

我说，看了这书，才觉得以前太芜杂了，以后想专心文史。说起"文"，先生说："有个诀窍，——写白话要如同写文言，这样就精练得多；写文言要如同写白话，这样就平易得多。""我以为你还有个事情可以做，——把《老子臆解》作个笺注。"于是抽出《臆解》来，随便翻到哪一页，就指着其中的某句话问我，典出何处，有的答得出，有的答不出，有的觉得很熟，却一时记不起，先生说："可见是要作笺注的了！不必急，可以慢慢做起来。""你如果能不用别的书参考就都解出来，可真是算第一了。"惭愧！我离这个第一还远着呢，其实这本书我还是当真好好读过的。

一九九四年

一月廿七日（四）

往编辑部。

为梵澄先生送去《渔洋山人精华训纂录》及《海国四说》。到徐宅已将及九点，不意先生刚刚起床，他说近来是几十年中最忙的一段，为鲁迅先生的藏画目录累得寝食不安，昨晚一直到两点犹不能入睡，于是起来躺到沙发上看《读书》，至凌晨四点，方上床就寝。这几日又在忙《五十奥义书》重印本的校对，十天看了不到一半，而只有八天的时间就要交稿了。先生说，这一次又想到我当年提出的意见，即应将译者以为不雅的部分照译出来，而不必删去。"我重新读了一遍原著，认为还是删得对，实在是太不堪了，没有必要译出来。""这是哲学啊，应该让读者看到它的原貌。""这不是哲学，哲学是高尚的东西，把最低下的与最高尚的攀缘在一起，正是李义山说的'花下晒裈'，'在丈人丈母面前唱艳曲'。""那么密宗呢？""密宗就是这一点不好，利用最野蛮最原始的东西，去讲出一番道理。"

先生说，在这样紧张的时候，却又另有一件烦事，所里的一位七月份要到希腊参加一个国际佛学会议，拿来讲稿，长长的一篇，要先生帮助修改。"这个人的英文水平充其量只有高中一年级，又要搞巴利文、梵文，所以我做这件事真是不易，难就难在文章根本不通，做不了的学问就不要去做，还偏要做，又这样的屈尊……"，先生一个劲儿摇头，大约"屈尊"是文雅的说法，恐怕言谈举止是很有些卑下了。"我这一生都没有做过这种屈尊的事。我们的国家也真有意思，能派这样的宝贝出国。"先生说，这些话本来懒得去讲，只是心中不快，看见我了，忍不住发泄一下。

二月廿三日（三）

访梵澄先生，此前先生特嘱我带了纸笔，到后乃将一至三卷诗抄错之处，一一改定。先生先告诉我几种校改的古式，我却一点儿不知道，先生便抚掌大笑，十分得意。他说，你抄得实在是好，我要给你一笔"润笔"，但你如果再用来给我买奶粉、烟叶乱七八糟的，我就不给。我说："如果给我的话，我一定还要去买烟叶的。"

谈到王荆公，先生说，司马光说他贤而愎，真是一点不错。苏东坡有一个上皇帝的万言书，他也就照样来一个，一点不少，此所谓拗也。他的诗的确作得好，有一首诗，还是和别人的，写得真好。“已无船舫犹闻笛，远有楼台只见灯”，试想想，这是怎样的情景？又有“山月入松金破碎，江风吹水雪崩腾”，这一个水字就有多么妙！他人只想到“海”字，想到“浪”字，而这一个“水”字，便是只有荆公想得出。

又从鲁迅，鲁迅博物馆，说到周作人，他本来说，对周作人我一个字也不说，但仍然说了，原来是极看不起。又道，那一枪实在是打错了（他说那一枪是爱国人士打的）。没有那一枪，周未必就出任伪职；打了这一枪，又没有打死，反而使他起了反感。

从早饭对门送来的四个汤圆，又忆起家乡风味，长沙柳德坊汤圆店，做得极好的汤圆，把糯米加了水，磨成浆，上面加盖两层布，布上加灶灰，灶灰便将水分吸干，然后裹馅，做起蚕茧大小的汤圆，一碗六个，六个铜板，汤圆浸在水里，水却是清的，可以称作神品了，再也没有哪里能够做得出。

春节无事，戏作打油，题为《寓楼八景》，当下看过，却不能记住，只记得先生最得意的一句：“乾坤四鸟笼。”又有“台湾仍国学，日本即园工。”自然少不得有董先生一笔，总之，一句刻画一个寓楼中人物，结束之“关姐美来鸿”，注道：“关大姐佳节从美国来信问大家好。”讲到这里，先生大笑，说，此之为不通，而又不通得好。又说作诗有入魔道的，举了一个宋人的例，举了一个王思任的例。

又取第四卷诗稿来抄。

留饭，坚辞，——因编辑部已约了丁聪夫妇来吃饭。

三月廿八日（一）

往编辑部，阅来稿。

午后访梵澄先生，取得《蓬屋说诗》数则。

五月五日（四）

往编辑部。

访梵澄先生，他说《读书》比过去好看了，第四期前面的一组文章都很好，但是不要过多地怀旧，还是要立足于将来。还说，我最不喜欢《红楼梦》！它能够给人什么积极的东西呢？

对此，我极力表示反对。

先生说，读通王阳明，可以受用一生了。

五月九日（一）

访梵澄先生，他正在做几种版本、几种文字的《圣经》校对。

谈起诗，他说他信服陆游的一段话：诗要是让人不觉得可爱，便是好诗了。先生近日得一联，以为好：雨过柳更垂，烟霏岸逾远。虽出语平常，但体物深细。

先生说，第四期《读书》宋远的那一篇写得好，不过，仍未说透。

又说我的字尚可有进境，但须上追汉魏。

六月廿三日（四）

午间往梵澄先生处饯约，——在团结湖的一家烤鸭店午饭。肉片炒柿子椒、红烧海参、香菇玉兰片，一大盘香酥鸡，并一份砂锅丸子。梵澄先生身著一袭月白色绸衫，长将及膝，戴一顶白礼帽，手提拐杖，惹得人人注目。

饭后又回到徐府小坐。

七月廿二日（五）

访董乐山先生，取“边缘人语”稿，他鼓励我把英语学下去，并且说，也不必“好好”学，只作半消遣、半学习，就可以了。

继访梵澄先生，他说这几日天热，多半时间都用来写字了，大概也还不废吟咏，——写字间的墙壁上就贴了一张新写的字，录近作一首。

近有乡人送他一盒君山银针，木制锦盒为外椟，内又两只小木盒，标价 285 元。先生说，在湘卖十块钱一杯。又说，像你这种饮茶法，是不能品这种茶的。

八月廿三日（二）

访梵澄先生，送去抄好的诗稿，然后帮他打格子。他说："以后我再给人写字，就请你来打格子。"赶快连连摇头，说："不干，不干，这活儿太枯燥了！"先生于是想起一个故事：在印度的时候，也是为人家写字作画，不是用纸，是用丝绢。裁丝绢的办法，是轻轻挑开一条线，然后沿着这条细细的缝，用快剪剪开。我请一位绣花女帮忙，她剪得非常好。这以后，和她也就没有什么来往。过了十几年，又和她相遇，正好也是要作画，于是再请她帮忙，但她挑开丝线以后，剪子剪下去，却是斜的。我眼看着一点点斜下去，一句话也没说，她还是那么认真，但是眼力不行了。"那这块绢不是就浪费了吗？""后来我又另外找地方，把它修补好了。"

先生近日常常作画，画了六幅荷塘水鸟，有夏景，有秋景，画好一幅，就在靠墙立着的大床板上推敲，欣赏。画了新的，再把旧的摘下来。

九月十五日（四）

往梵澄先生处取稿（"秋风怀故人——悼冯至"），给郝德华的字也写好了。一共写了四张，检得一张；又一幅楷书赠我。

十月四日（二）

昨晚接徐先生电话，要我到他那里把《陆王学述》的校样取来，带到上海。下午坐了志仁开的车（小范在一旁“监护”）往徐府。

十一月廿三日（三）

往梵澄先生处，议定编集事。过董，请他签合同。

一九九五年

二月廿一日（二）

往梵澄先生家，行至六号楼前面的小路，正与先生相遇，他说要到银行取工资，于是同行。再一起回来，将陆灏买的《八代诗选》和《明诗综》交付。

先生说他正在读马一浮的《蠲戏斋诗》。蠲，去除；戏，佛经所谓戏语。马一浮曾与汤寿潜的女儿订婚，但她不幸早亡，马于是终身不娶。汤很看重这位“望门女婿”，知他生计并不宽裕，便时常送钱来，但马坚拒不受，即使悄悄放在桌子上或抽屉里，马发现后也立即追还。抗战后，马不得已跑来跑去，最后到重庆，办了一个复性书院。开学时，有二十来个学生，学期中，剩下一半，学期末，一个也不剩了。

先生说，马一浮的诗，写得好的，真好，追摹唐宋，是诗之正。但更有大量古怪的，大段大段生搬三玄（老、庄、易），佛经上的，也照样剥捉来，是生了“禅病”。并拿了一册，一一指点我看。

以近著《陆王学述》持赠。

三月廿八日（二）

给梵澄先生送去《陆王学述》的稿费（3642元）。先生说，以前我每一本书出版，照例所里要提成的，这本书得给三个人提成：赵、陆，还有杨晓敏，并当场要我拿走。我说哪里有这种规矩？坚辞不受。

五月五日（五）

两点半钟按照约定往梵澄先生处，但三点钟陆灏才到。先生拿出一个“万寿无疆”的杯子为我沏茶，然后说：清朝荷兰进贡，有一件又高大又精巧的玩艺儿，自然是钟了，到点，就有四个小人抬出“万寿无疆”四个字。和珅看了，连说不行，理由是，西洋的东西那么精巧，中国人修不了，万一哪个零件坏了，抬出“万寿无”，“疆”字出不来，可怎么得了！于是就给退回去了。

到谢兴尧先生家取回书稿，然后同陆一起访董乐山先生，送上“书趣文丛”一套。继返徐府，先生请饭，在团结湖公园附近的京港餐厅，号称川鲁粤风味，又有涮羊肉、窝头、芸豆卷、豌豆黄，几乎无所不包。点了海参锅巴、辣子鸡丁、糖醋排骨、烧蹄筋、砂锅豆腐。席间先生一再对陆灏说：应该到国外去留学！陆说对美国没兴趣，倒是英国还有吸引力，“那么就到伦敦！一定去！这是此趟你到北京我的唯一劝告！”说着，一扬手，把酒杯都碰翻了。

刘文典，自号二云士（云烟、云腿），在哪里看到冯友兰的一副对子，说：“写得好！不是读了一担书如何写得出来！”云南的土司聘他做教席，一应例有之聘礼外，还要有云土。土司说，有个内家侄儿跟着一起旁听行不行啊？刘连说：不行不行！授《庄子》。后土司对人说：“我原以为刘先生和旁人一样也是有眼睛有鼻子的一个人，却是不然！”

“初回国的时候，贺麟对我说：多参加会，在会上多发言，然后写入党申请书，一切解决了。”“结果呢？”“结果我就是按照我的方式生活，挺好。”

“我问起冯至、贺麟在‘文化大革命’时的经历，他们都不说。我说：你们去干校，呼吸呼吸新鲜空气，锻炼一下筋骨，没有什么特别的苦呀。直到最近看了巫宁坤写的《一滴泪》，才明白一点儿那时候的情景。”

饭后将先生送回家，小坐之后，辞出。

六月一日（四）

午后访梵澄先生，送去托冯统一代购的烟丝（295 元一盒）。先生说：“我没有请你买烟丝呀。”当然还是照收了，待清帐之后，才打开靠窗的柜子，拿出一个花纸包，“看看这是什么？”里边是一个花纸匣，纸匣里边是好几盒烟丝！又拿出一个六角形的纸筒，打开来，又是塑料袋封着的烟丝！一盒可以抽三个月，这里大约有七八盒的量，至少可以抽两年了。

说起季羡林发在第五期上的信，他说，以季的身分，何苦要作这一番说话？这是很失身分的事。看了这篇东西，我对他的敬意全没有了。桌上有一本《边缘人语》，下署“晚董乐山敬赠”，先生说：“为什么题一个晚字？——从年辈、从学问，都不该这么论。”

六月十九日（一）

往编辑部。

沈建中来，欲拍摄一部当代学术老人摄影集，为他联系了徐梵澄、周一良两位先生，梵澄先生说：“见面可以，但我不想做当代学术老人。”

八月四日（五）

访梵澄先生，送去休谟的《人性论》。

说起找“工友”的种种麻烦，我说：“干脆找个老伴吧，最省事了。”先生一边笑，一边说：“呸呸呸。”“那么以后您不能自理了怎么办呢？”“那就住到医院去。”

将辞之际，说了一句：“还要到编辑部。”先生说：“坐下，坐下，且不忙‘到部视事’。”又说这“视”和“观”不同，视乃就职治事。王安石为某人作墓志铭，书“公不甚读书”；旁一人曰：“这样写不合适吧？他可是状元呀。”于是王大笔一挥，改作“不甚视书”，一切就都解决了。

十月九日（一）

午后访梵澄先生，送去熊十力的《体用论》。他说病了半个月，大约是因为在团结湖散步时在石凳上落坐，受了凉，归来即闹肚子，今天才算一切恢复正常。

谈诗，谈诗人。有一组以“春江花月夜”为题的诗，杨度之兄（《草堂之灵》的作者）所作，其中一联极妙，——隔水隔花非隔夜，分身分影不分光。先生说：“现在可还有人能做出这样的诗么？”谓当代诗至柳亚子、郭沫若止，自郐以下，不成诗也。

说《脂麻通鉴》。——“我一篇一篇从头到尾看了，以文章论，可以当得一个‘清’字，不过，若以‘沉雄’论，就大不足了。”“可以照这样子接着做下去，可论的，还多得很啊。”

说起前不久沪上那位沈姓摄影师来访，后曾投书一封，抬头云：“徐公梵澄先生。”“古今可有这样的称谓？此君可以去给人写墓碑。”

十一月十日（五）

访梵澄先生，送去“写卷小楷”两支、兴隆咖啡一包。先生说，《脂麻通鉴》大可作续篇，如项羽鸿门宴因何不斩刘邦，项羽为什么火烧咸阳，霍光废昌邑王，皆可大做文章。

十一月廿二日（三）

访梵澄先生，送去钱君匋编《李叔同》。

先生手里举了一封信，说，还没来得及写完呢。信上抄了一首诗：

书项王庙壁

三章既沛秦川雨，入关又纵阿房炬。
汉王真龙项王虎，玉玦三提王不语。
鼎上杯羹弃翁媪，项王真龙汉王鼠。
垓下美人泣楚歌，定陶美人泣楚舞。
真龙亦鼠虎亦鼠。

（王象春，字季木，济南新城人，万历庚戌进士）

一九九六年

一月廿三日（二）

午后访梵澄先生（送去《中国音韵学》、《诗品集注》）。他正在那里发愁，说工友二十五号就要回家过节，找不到人做饭了，已经备下许多面条。

又说起《脂麻通鉴》可以继续写，由许多前人不及的细微处可作文章，如鸿门宴项羽何以不杀刘邦？原是不曾把刘邦放在眼里，根本的目的是要借刘邦之手杀曹无伤。又，黄石老人为什么与张良一约再约？不了解国民党统治下盯梢的险恶，就不能解当日的秦网如织，约在凌晨，是因为天尚未明，自然安全，约在五天以后，则因事过三天，不起波澜，大抵已是安全，五天，便更保险了。

携归一册室利阿罗频多的《瑜珈基础》，拟收入“新万有文库”。

三月一日（五）

访梵澄先生，先生将所阅“评辞源稿”交付，其后附了两叶意见，颇多勉励之辞。临行以新版《五十奥义书》持赠。

三月廿七日（三）

依陆灏之约，往访梵澄先生。途经路口的中国书店，——翻修毕，方开业，九折售书，得《燕文化研究论文集》、《国风集说》等。

陆灏已先到，往北里对面烤鸭店午餐，仍是梵澄先生做东。饭毕，先生说：“怎么好像什么也没吃呀？”其实饭菜挺丰盛的：京酱肉丝、宫保鸡丁、糖醋里脊、铁板烧鱿鱼、白菜豆腐汤。

四月四日（四）

午后访梵澄先生，取回“小戎”。

附记一

一九九六年四月十五日我往社科院文学所报到，从此一心追随遇安师钻研名物，与《读书》的作者差不多都断了联系，同梵澄先生的交往自然也变得很少。以后的几次造访，都是为了《蓬屋诗存》的印行事宜。——《诗存》的原稿是写在一叶一叶对折的白纸上，先生嘱我另外用毛笔誊钞于荣宝斋制作的八行笺。每次领得十数叶，钞好后连同原稿一并缴还，复领取新的一批。如是陆续钞录了不短的时间。九六年春，先生意欲将之自费付梓，嘱我联系出版单位。我于是转托陆灏兄，他爽快应承下来。然而此在当日却并非易事：旧体诗，繁体、竖排，宣纸、线装，一百册的印数，每一项都要费些周折，因此未免迁延日久，不能如先生所期许的年内问世。先生一向做事从容，这一回便也有点耐不住性子。不过最后诗集总算是印了出来。

一九九九年一月二十四日（星期一）日记：晚间接到姜丽蓉电话，说是从梵澄先生的通讯录中查到电话号码，因以“徐先生病危”相告。遂赶往协和医院。先生已处于抢救状态，失去意识，只有吐气之功而无呼气之力。从云南来的侄女在一旁守候。医生说“只是时间问题”。一会儿宗教所的人来了，两人便开始讨论身后安排。遂退出。

我印象中的最后一次见面是在先生身体还好的时候，那一天我从院里出来，当门一辆黑色的卧车，先生恰才侧身落座，一眼看到我，连忙要下来，我于是赶上前请他坐好。匆忙中来不及多说什么，先生叮嘱道“你还是要常来看我呵”，算是作别。后来屡屡忆及这一幕，我想，要说永诀，这一次竟是了。

附记二

《读书》十年，与梵澄先生的通信往还不算多，今手边所存不过十余通，以下所录即为其中的七通，或可与日记所述相发明。

（一）

丽疋大妹：

接昨日(28)信，知大驾将有四川之行。问可否本周来相见？

商务所限交出校样之期已到，正去信请其倩人来取。此事至昨日始告段落。

Saiouanola之稿细研一过，结论以为不宜贵刊。

于是开其冷藏之库，发现大蛋糕尚有多枚，大可供其一吃者。但从容品味则可，若行色匆匆，则不宜大吃，恐其难于消化也。为大妹之故，切去一角无妨。——然则请来拣择。

来时请往“春明点心店”购海南岛咖啡粉一袋（6元），该店在同仁医院斜对面，在大明眼镜店同一边，前走五分钟即到。则大驾来时有新煮之咖啡可饮，并吃蛋糕。即复，并颂

撰祺

澄上

四月二十九日，九一年

（二）

丽疋大妹：

近来彗星撞击木星，不知大妹无恙否？

盛夏炎熇，与日竞走；明星动止，时撩杞忧。唯愿勉自颐阿，端居静摄。钞书日课百纸，啖瓜姑限一车，亦养生之要诀矣。寓中耳根多扰，然心意颇闲。细校诸经，塞文充斥，所研颇狭，工程殊远。必不赖书画之债，亦权取拖延之策。过此八日，将是立秋，天气稍凉，百堵皆作，则大驾单车贲临甚善。耑复，并祝

多福

澄上

七月卅一日，一九九四

（三）

丽疋大妹：

昨日相见知从中州归来，虽仆仆风尘，而健康转复，甚以为慰。

遵示将唯识文字细校一过，亦无甚可说。今挂号寄上。

致书陆君时，请代致谢意。久不饮咖啡，求之不可得。忽于十二小时之内，得自两处，天诱其衷，有如是哉！

编拙稿成集，细思只合分成三汇。属“精神哲学”者一，则《薄伽梵歌·序》等皆收。属“艺术”者一，则论书画者收之，当待大量补充。属“文学”者一，则自诌之俚句，及所译文言诗，并诗说者属之。犹待大量补充，将来合为三小册子。此大要也。《星花旧影》之类，则属“轻文”，或从略，或再加拣择，或再有所撰，缀成一小集，皆将来之事。体例一定，则编次可以无讥。要之请不必急急。耑此。即祝

撰祺

澄上

十一月廿四日

（四）

丽疋大妹：

秋气已凉，柳叶未落，蝉声犹曳，明渊静波，时杖策公园，会意时景。然亦深念大妹，久息音闻。不知近况何如矣。想《通鉴》一出，意致颇复飞扬。愚意尚有汉代、三国极佳题材，未入史评也。但汉文彩已高，读之惊魂动魄，倘再加评述，难于逾越马、班，或者有《续通鉴》之作乎？

近来贱躯无恙，暖气已来二日矣。暖气未到，曾微患喷嚏，缓缓遂已痊愈。但近来工作效率稍减。而咖啡粉告罄，附近遍处购求未得。倘大驾下次枉过，仍乞依旧往某店购之。或海南产，或云南产，皆远胜速溶之西品。尚欲得麻杆小字笔二支，则前番已面托者。——单车缓驶，绕道不远，则所搅不多，而益我已厚矣。

第十期杂志已到，知拙文尚无错字。“此又君之功也”，感谢无既。

耑此奉候，并解未勤致信之面责，想释然矣。即颂

编祺

澄上

十一月八日，一九九五年

（五）

丽疋大妹：

下次相见时，有此数事当了：

1）文汇报之“读书周报”及“特刊”，一九九六年全年订费，请算好见示，即当付清请转致。又一九九六年《读书》订费54元，当付。

2）还奉欠置书款19元。

3）昨日已有新版《五十奥义书》送来。因如约当奉赠一本，并代陆灏君收转一本。必妥善暂存，以免被夺去。

4）校样已看完（水按：此指小文《评〈辞源〉插图》）。仍盼大妹稍加修改。愚实未将原稿改动一字。意此将使《辞源》销售大减，但学术真理，如何可昧？已录存数纸所见，别供大妹参考。

亥年立春已过，北方仍乏雨雪，所可忧者方大。虽然，无妨乐度春节。即颂

文祺

澄上

二月九日，一九九六年

[另纸]

丽疋大妹：此次示下校样，颇感苍凉，不留心此学逾一甲子矣。对此竟如隔世，应当重新从头再学。手边亦无一本可参考之书，于《辞源》所载及批评之说，皆只能唯唯而已。但近年出土之宝藏法物实多，端赖专家善研究之。忆当年考古新学入华，有一学者名李济，所造似不深，而李氏又因离开大陆，亦不得志于台湾，闻大陆之发现，弥叹其欠缺“田野工作”，不及见也，赍志而没。窃叹于今振兴考古学，人才与经费俱缺，其事难能。而古物之出土，遭损毁者亦巨，可复慨哉！兹录微见数点，供大妹参考。此亦不可耽执之学，养成癖好，极难解除，如马蠲叟所讥曰“骨董市谈”，则亦无甚意义矣。必国富民康，然后可有人才蔚起，奠定斯学，发扬光辉。所冀为期不远。——顺便书数字。澄白。

（六）

丽疋大妹惠览：

春光初透，继以甘霖，亢旱缓解，千家相庆。近想起居胜常，至以为祝。前谈及拙稿出版事，知重印《母亲的话》及《瑜伽的基础》二小册子，皆已定妥。只待校样，甚以为慰。诗集姑定名曰《蓬屋诗存》。倘尊意有较佳之题，告知自当采纳。

因思在北京出版，或较上海为优。当此物价飞涨之时，似难强出版社以所难，旧体诗少人过问，兹书必难畅销。无已，兹思得一策。凡用繁体字，直行排，不用标点，能线装则用国产佳纸。由作者看校样三过，以及签约（合同），收版税或稿费等，并赠样书若干册，一皆如寻常他书。但在出版之初，由作者先付补贴，以免出版社亏损。数目或不至太多。若全由作者出版，则亦力有所不能。且不得书号，无由出售，则求之者不得。此中委曲，大妹知之甚详。故甚盼鼎力成此一事。盼能请贵杂志主编沈先生指示一二。其次陆君若来北京，当于上海出版界事较熟，可以商量，总期得一妥善结果，使此书今年可以问世。

上海林在勇君有本月 17 日来信，仍是索稿。兹无以应命，遂亦尚未复。有暇致书上海时，请代致此一消息，并附问候。

以情事度之，今年暑假必出游，或者黄山，或者他处。惟是一时尚不能决定。似之依乎因缘凑泊耳。

尊文大谈古器物者，付印前愿再读校样一遍，虽知无益高深，或犹可贡愚者之一得。耑此。诸惟

保重健康为上。即颂

文祺

徐梵澄上

一九九六年三月二十三日晨

（七）

丽疋大妹惠览：

岁星周转，又入新春，侧闻一年之间，研究之结果丰多，深可庆喜。芳菲腾上，辉耀声香，及此韶光，遂增述作，尤可为新年贺者也。拙稿印刷，未知安迪进行何如矣。友人就已订本观之，谓天地头尚当延长，则可分两本而长，似较大方，免簿书之气。此议可采。商务馆昨寄到鄙人之逸文一篇，将来待大妹发落。目前欲稍结集前作，亦未能匆匆作结论，故尚不能悠然闲放，而假期又颇虚度矣。有暇驾临鄙寓一叙，多事尚有待于玉麈一挥，时深盼望。冬寒稍减，调摄为劳。聊驰寸笺，敬颂

福安

澄上

一九九八年一月三十日

谷林先生高高瘦瘦，用《世说新语》中的话说，是“清虚日来，道心充满”。虽然不宜以魏晋人物“雅望非常”之类的熟语轻施品藻，但也的确是心无点尘，渣滓日去，散散淡淡瘦出的一剪清癯。

自幼爱好文史，却情有不得已作了一辈子财务，原来是人生道路上的一番阴错阳差，——听了这一段经过之后，真是不胜嗟叹，有缘？无缘？世事果然有个“缘”字在么？不过，在退休之前的十年，到底又是一番阴错阳差去了历史博物馆，专意整理文献，算是了此情缘，这一回，又似乎是个开端：整理了二百万字的《郑孝胥日记》，出版了一本文集；更有了《读书》上的“谷林”和“劳柯”，不论“品书”还是“琐掇”，都是极见风格的文字。

毕竟还是缘分罢，连隐于市的居所，也带着“文化”，——它是华文学校的前身，与协和医学院同时，用“退还庚款”建的。学校后来的情况，沙博里在《一个美国人在中国》一书中有一段记述：

北京解放后的几天之内，有几个单位的代表来找我，要求我们把华文学校的房产租给他们。我让他们去同一位美国人联系，他是用洛克菲勒基金创办的北京协和医学院的行政管理人，也是华文学校校委会成员。他和一个单位签订了租约，这个单位就是后来的文化部，文化部付租金，并付给留用的老职工工资。只是到了美国从中国撤走它的外交人员，又派遣第七舰队进入台湾的时候，租金才停付。

这段历史如今大约很少有人还知道，而大院早成文化部宿舍，似乎已不见昔日遗迹。据说当年尚有若干圆明园拆除的材料，如石雕、佛像之类迁置在此，不曾细心寻觅，不知是否尚有遗存。

大院深处一幢旧楼，树荫挂满了窗子，窗前的写字台上，泻下丝丝缕缕的青翠，愈见得纤尘不染的一派清静。但绿窗对坐晤谈的时候并不多。先生虽寓居京城四十余年，却乡音不改，一口宁波话，听起来着实吃力，而偏又是魏晋风度式的“吉人之辞寡”，总是浅浅笑着，并不多言。此外，也还是有意为之罢，——戋戋小简，是一叶绿窗风景，细楷娟丽，楚楚有风致，每令人觉得隽妙无比，便故意抛砖引玉，以期获得一份阅读的欣喜。

来书云：从五七干校回到北京，我转业改行，转眼花甲，还有点“晚学”的勇气。想从头读五经，可是放心难收，手挥五弦，目送飞鸿，终于废然作罢。说两件故事给你听：我读古文是从香烟画片入手的。以前香烟多是十支装，每盒有一张小画片，有一种天桥牌，画片是三国人物，一张曹操，翻过背，题的是“固一世之雄也，而今安在哉！”我不知道为什么对那样的感慨大为动心，它跟我的年岁太不相称，居然结下不解之缘。还有一种大英牌（又叫红锡包），画片是列女故事，汉武帝对姑姑说：“如得阿娇，当以金屋贮之。”我从父亲的烟盒子里积攒这些小画片，开始我的古文课。后来有了“一折八扣”的标点书，我用了十几个铜子儿买了《唐诗三百首》，认真背诵“欲饮琵琶马下催”。一位同学纠正我，说是应作“马上催”。我很犹疑。我觉得马下近是，待上马犹持酒不上，于是嘈嘈切切乐声大作催着上马了；如已经上马，放缰驰骤，还有什么催的呢？这就是我的水平……

——“水平”云云，自然是少年往事，但由香烟画片启蒙的故事，在翁偶虹先生的《北京谈往》中也是讲到的，想来它的“教化”作用，是影响了一代或不止一代的人。这是“百草园”中的另一片风景，其中或许正藏了无数书的故事与人的故事。这一回，它又作成人与书一脉不解的因缘，以至“百草园”

中的“英雄与美人”，竟成为一种对人生的追怀。

不过先生在这里详细讲述这个故事，一面是忆旧，一面仍是自谦，所谓“深藏若虚”，“有盛教如无”，不是圆滑处世，而是认认真真、诚诚恳恳做人，正是夫子所说的“君子儒”也。

手边一份旧剪报，大概裁自四十年代的《新民晚报》。题为“东陵瓜”，署名劳柯。以东陵侯邵平种瓜城东的著名典故起兴；闲闲的文字，淡淡的笔墨，议论也不惊人，不过，结末的几句，却颇见精神，——邵平不凡，掉了东陵侯，也能短衣革履学种瓜，种来的瓜还不坏；陶渊明不凡，拿官俸办事，只看它同个普通的职业。他们不凡，就因为他们把原本平凡的事情平平凡凡地处理了。世人的平凡，乃因为他们把别人平凡的行径惊为绝俗。——若讲“水平”，这自然也是“水平”之一。却不知是不是“少作”。

先生本姓劳，“谷林”、“劳柯”，都是笔名。清代藏书家仁和劳氏兄弟，是极有名的。弟弟劳格季言尤其在考证上颇具功力。凡手校之书，无不丹黄齐下，密行细书，引证博而且精，又镌一小印曰：“实事求是，多闻阙疑”，钤在校过的书上面。先生的读书、校书，与求甚解的考订功夫，便大有劳季言之风，——“丹黄齐下，密行细书”，是形似；“实事求是，多闻阙疑”，是神似。有时甚至认真到每一个标点符号妥贴与否，因每令我辈做编辑的，“塞默低头”，惭愧不已。

论藏书，自然比不得劳氏兄弟，但也还有难得的藏品。有一个四十年代编辑出版、后来被编入另册的刊物，叫作《古今》，先生有从创刊到停刊首尾完整的一部，装订为五册，原是解放初期从冷摊上淘得，当时也还是很破费了的。近年曾在海王村看到，标价已近千元，里面不少文史掌故之类的文章，虽一些作者人品不大磊落，但若不因人废言的话，这文章还颇有可读。一次，见先生检出两册藏书，举以赠友，当日不便问，事后致函询及，先生答道：“那两本小书是《汉园集》和《猛虎集》。前者商务出版，是‘文学研究会创作丛书’之一种（丛书名或有误），是一种小开本绿色布面精装本，只是字体较小，不宜老眼。内收何其芳、卞之琳、李广田三人新诗，人各一辑，扉页左上角有“其芳自存”四字。买此书情景历历在目：那时我的工作场所在前门外，晚回东城宿舍，过南河沿东口，在盐业银行的门廊下有一人用旧报纸铺地，燃一电石灯，平放着十几本书出售，我以大约四角钱得之。《猛虎集》，徐志摩新诗，扉页有题赠签署：上款‘魏智先生’，下款‘徐志摩’三字，钢笔字写得挺拔有姿致，因记起海藏日记中有徐志摩与郑孝胥约往观其临池的记载，有一次是与胡适两人同去观看……”诸如此类，不说珍品，也当称为隽品。只是‘文革’中，寓所播迁，多有散失。劫余幸存，先生又常常持赠爱书的友人，也许竟没有可以称为“镇库之宝”的尤物了罢。

不过周作人著译的全部，大抵十之六七，仍在藏中。我曾求借过其中的几种，便略略闻知当年搜索的辛劳。后来先生在《文汇读书周报》上写了《“曾在我家”》，详细讲述了搜集知堂著译的经过，及与作者的一面之缘。琐琐往事，“风淡云轻”，先生说，“然则我所絮叨的，也就烟消云散了。”但我却不免“心头略为之回环片刻”：果然烟消云散了么，那风淡云轻的什么，或已氤氲作一团，一片；其实，犹在“我家”。

先生似乎是传统社会中的传统人物——用董桥的话说，是“旧”，并且，“旧”得有趣——不仅接人待物，即日用起居，也都是极传统的。印象中，他常年一件中式蓝布褂，不烟，不酒，口无所嗜，目无所贪。不急，不躁，不愠，不争。我想，即使退回到两汉，先生也不是“醒而狂”的盖宽饶，“简略嗜酒，不好盥浴”的刘宽，而是“为人恭俭有法度”似彭宣；不过，虽然不忘情于世事，却仍有隐于市的大隐之风。

过去常说读书人，现在爱说文化人。所谓文化人，大约就是始终持守了一种文化精神的人。或者，就成了名人；或者，并不。前者，能够影响及于社会；后者，便只是悄然无声润泽了他的周围。文化城的北京，文化名人自不少，不名的文化人，本来也应该很多很多（文物似也如此，譬如，那默然于著名文物之外的华文学校）。这可以说是一种无形的文化景观罢。古有“一行作吏，此事便废”的说法；此事，谓读书也。读书，原只是为了求一门高雅的谋生技艺，——《颜氏家训》所谓“若能常保数百卷书，千载终不为小人也”，便是这种功利式的教读。如此，虽大抵可以不为俗吏之类的小人，却未必做得成君子，唯有真正钟情于书，才能爱它不倦；即使“作吏”，仍为君子，或曰：文化人。这不像是很高的要求，但偏偏能够做到的，很少。

初刊于《读书》一九九四年第五期

谷林先生的最后一通来书

得知谷林先生最后的消息时，是腊月十五的十一点十分，彼时正在太原，不过即便在北京，又能如何呢。当夜梦中与《读书》的老同事相会，向吴彬和贾宝兰报知此事，不禁痛哭失声。当时在场还有止庵，吴彬问他谷林先生得寿多少，答曰：九十二。是耶非耶？醒后才想到我对先生的生年其实并不清楚。然而先生的生日是双十二，不用记也从不会忘。最近一个双十二之前寄贺卡时曾预告将有新出的一册小书献上，《终朝采蓝》也就在不久之后寄往航空学院。只是与以往不同，等了很久也没有收到回信。曾动念一通电话，但想到先生前信说到接电话的种种不宜，便打消了念头。

归家后急急展开先生来书，——原即置于案头，准备好好写一封回信的。信封上面的邮戳很清楚，为“2008.10.12.15”。也就在这时才发现收信人写的是“杨丽雅”，而这是多年通信中从来没有过的。

工楷细书，写满三叶，搬迁之后的起居细节颇多述及，琐琐细细间更不时倾注着对我们这些“小朋友”的爱。诸般揄扬之词是先生一贯的奖掖后进的做法，也是先生书信中惯有的幽默。这里谨把它完完整整钞录于下。——

水公道席：

《采蓝集》于九月五日拜受，欢悦之至。我有几位书法朋友，如赵龙光（江），徐重庆，自牧，但我则以为安迪应推首席，但其书名或为画名所掩。此番奉手教，乃代其谦称为“准书法家”，岂因句前有“除我之外”一语耶？公既精经史，长于考证，盛传于海内外，人乃不复数及于此，盖目以为小道无足名也。仆得此书，深爱封面题字，构成素雅的设计，凝眸不急于展阅，容为我公所笑。而展卷得手书，又说“不日即可收到薛原先生寄来的一册《良友》杂志”，不意迟至竟月，迄未到手，大约编务琐杂，遂为薛公遗忘欤？但仆目力日益荒损，看书能耐急疾递减，编叶至于80的《采蓝集》……

以上十行，写成多日，今日阳光较好，乃到老伴室内续写，发现上面所写，多有错字，也不知该如何改写，只得任它去了。我公往日谓我乡音未改，我的口语，只能听去三五成。今天看我的笔谈，想依然当年成色也。但忽问及寒斋电话号码，则转觉新鲜，如何又说小朋友们都老了呢，而岁月的残酷独于鄙人额外宽厚呢？82314433，向不保密，只是接听不易。我从坐椅上起立走到话机边，须有耐性等待，最快机声发至第五遍，我才能拿起话机听筒也。所以小女如不在家，往往无人接听。我们两老，她双耳失聪，我则腿脚无力，故渴望捧读吾公细字书，至恐“小朋友”好奇，忽试新声，万一腿软，或有意外，诚困难不易料及者。

上边续写一天，今日决意加工上交。昔贤有云：“生老病死，时至即行。”此之谓“安命”。我们一家移寓航校，已逾两年。初来时极爱环境雅洁。我初到第一日，出门便跌了一交，邻右大惊，我则安然无事，便轻松起立，但自此不免稍有戒心，并从此扶杖。现在倒也可倚杖缓步。只是今年却大变样了，独坐起立，头晕身摇，起立后不能即刻开步，须稳站片刻。从此也就不再出门，只在三间内室缓缓往还，自谓加强运动，并坚持“保健按摩”。按摩虽至今坚持，漫步乃逐渐递减。初来时曾按东四原状，上下午各上街一次，每次千步。到此新居，始每日只走一次，而不再出家门，却又减步数，自七百至五百，再减至三百，今则但“三餐两解”耳。更令人烦恼的是记忆力的不断退化，每日反复问妻、女是何日，星期几，问小女出门去何时回家，能买些邮票回来否，如此等等。看书极少，阖卷已忘。于是只得从头重看。写至此句，大喜过望，乃记起曾向吾公反对辽宁的“新万有文库”的版面，公不同意我的批评，坚持本薄字小，便于查阅也。此言到此刻不曾忘掉，足证我的记性有时倒犹管用，并不像上边所说的那般悲观——但又想反询吾公依旧坚持旧说否？您是忘却了抑或改变观点了？“小朋友”是否也会随“机”应变呢？

是的，毕竟您依旧是我的“小朋友”，盖记性之外，尚有“悟性”。读大札头一节中有“给家中的大、小二李看”，我先懵了好一阵子，终久想明白了，足证尚未痴呆。但接着每天读《采蓝集》，终于攻坚难克，于是傻想倘得薛先生寄到那本杂志，或者能一见倾心乎？直至信末讲到十一月别有新书，竟是《宋元明金银器研究》，呜呼哀哉——这是鲁迅翁的金玉良言，这里只好“呜呼”了。

不过董宁文君所作的描摹并不失真——我们四个人的合影，终究仅有一个白头（可惜止庵代编的书信几叠中没有加入此照，出版社且又忘记此书的重版）。总之，我吃得下，睡得实，大约小女炊艺高强，以往我从未感觉眼下香甜。睡眠亦极香甜，入寐快，早睡早起，深信接待小朋友们，当犹能款款有礼也。安迪到此，必能偕公见访——那时如新居已经落成迁入，我亦必将安迪所盼苦雨翁手札检出奉成（呈）也。

书不尽意，草草敬叩禫（潭）安，并望著集之余，能仍有细字书源源见馈也。

稽答拖延，并乞见谅。以上复字亦不重看，公发现错别字，大概不会打我手心，且必能为一笑补正也。

祖德长揖，零八年十月十一日十七时

如今知道，这是先生和我的最后一次笔谈，而信中的“昔贤有云‘生老病死，时至即行’，此之谓‘安命’”，此际读来竟像是平静的诀别。写给先生的新春贺词其实早已备好，只待佳节临近时寄出。——

初岁元祚，吉日为良。
俯视文轩，仰瞻华梁。
愿保兹善，千载为常。

——节陈思王《元会》句

此时此刻，它仍然可以成为我的深悲中的祝福。

戊子年腊月十六

今在我家

谷林先生喜欢知堂的文字，我和止庵也都喜欢，当年老中青三人聚首，中心话题不知不觉每每是它。有一次忽然被止庵发觉且说了出来，三人都笑。那天的情景，至今记得，却是永远不再了。

幸而我们尚处在纸质书的时代，书尚可以“物质”的样态在爱书人手中传递，也因此书不仅止是视觉下的一堆文字。

关于购求知堂著述以及与知堂的交往，谷林先生《“曾在我家”》一文尝略述本末。开篇所及便是购求之始的《谈虎集》，——“我所藏的一部《谈虎集》，上卷为一九三六年六月的第五版，下卷则为一九二九年六月的第三版。上卷毛边，封面左侧古日本画家光琳所绘虎图无边框，亦无画家题名；下卷封面的虎图加有边框，画家题名见于虎爪间，书边已切齐，因之开本较上卷短小一圈。上卷书面正中盖了一个腰圆公章，文曰‘江苏省立南通中学教务处’；下卷也有一个名印，朱文篆书‘启楠’二字，盖在虎图边框之内右下角。这么一部凑合起来的旧书，上卷扉页却记有我当年邂逅获致的快乐，写道：‘一九四八年六月廿二日，为 ×× 购《九尾龟》，过河南路，以四十万元得此，狂喜！’接下去还说：‘先是试向《论语》投稿，想挣稿费能买这部书……’，所说都是指犹在做中学生时旧事，约当这部旧书上卷第五版新出前后。此书原价上下卷各为九角，做中学生时没钱买，毕业后有了工薪，却没处买。读元稹《遣悲怀》‘今日俸钱过十万’诗句，直觉得情文俱至、感慨无穷。得此书时，南京一位友人刚巧给我讨来一张周作人的字，写放翁《好事近》一阕：‘华表又千年，谁记驾云孤鹤。回首旧曾游处，但山川城郭。纷纷车马满人间，尘土污芒屦。且访葛仙丹井，看岩花开落。’周氏以前自编文集，往往兼收译作，如《谈龙集》里就有《希腊神话引言》、《初夜权序言》两篇。此写古人词，是否也是‘借他人酒杯’？以意逆志，不能深求。”——这是一段很长的开场白，以下的故事便都是因此而起。文末所署日期为一九九三年十一月九日。题目中的“曾在”，用了一个“过去时”，如此，写作此篇的“现在时”，该是“不在”了。其实犹在。于是话又说回来：“曾在”，原是暗含着一个“将来时”。我在一九九五年二月十三号的日记中写道：“往编辑部，处理初校样，忙到午后。收到谷林先生赐下周作人著述十一种，几乎每一本都写了字，略叙因缘。”那时候编辑部在朝内大街一六六号，与同在这一条街的谷林先生居所隔马路而相望，因而彼此之间的书信传递常常是互相送到各自门口的收发室。这一次也是。《“曾在我家”》中说到的《谈虎集》上卷和下卷，便在这一批赠书里。扉页有先生题赠，曰：“此种系余收集周著所得最早之品。《“曾在我家”》篇内尝描叙之。左侧题记未署年月，自是三四十年前笔墨。远公留念。乙亥早春，修之。”左侧题记：“第一次向《论语》投稿，希望有稿费买这部书；接着是走私与缉私的讲演优胜，痴想奖品中有这部书。我从头读了他宽容谦冲的言谈，又引起油然的敬意。”

赠书十一种里，又有《雨天的书》，北新书局一九三五年版；《风雨谈》，北新书局一九三六年版。前者跋语只有两行：“乙亥春月持赠远公。修之。”左侧则是六行旧年的墨书题记：“尽管这是你死我活的战争年月，尽管这是火热的夏天日子；而这，都将过去。在我认为，茶叶野菜才是处常之道，才是更为长远的东西。我自来爱雨天，自有十分的理由喜爱雨天的书。一九四九，八，七记。”后者扉页跋语曰：“此种已由岳麓于一九八七年重印。重印本承钟叔河君寄赠，今以旧存迻赠远兄。目录后所录，亦不忆抄自何处，疑出曹周通信集也。乙亥正月，修之。”所谓“目录后所录”，乃如下一段文字：“风雨谈后记 承示诸人议论，甚感。语堂系是旧友，但他的眼光也只是皮毛。他说后来专抄古书，不发表意见，此与说我是文抄公者正是一样的看法。没有意见怎么抄法，如关于游山日记或傅青主，都是褒贬显然，不过我不愿意直说，这却是项庄说的对了。我的散文并不怎么了不起，但我的用意总是不错的。我想把中国的散文走上两条路，一条是匕首似的杂文，我自己却不会做。又一条是英法两国似的随笔，性质较为多样。我看旧的文集，见有些，如《赋得猫》，《关于活埋》，《无生老母的消息》等，至今还是喜爱。此虽是敝帚自珍的习气，但的确是实情。古人晚年常要悔其少作，我现在看见旧作还要满意，可见其了无长进了。一九六五年四月卅一日。”

《自己的园地》，北新书局一九二七年版，亦在赠书之内。扉页跋语曰：“余别存改板前旧本，据此册版权页记载，改编本犹分甲乙种，此殆乙种本也。远公存。修之，一九九五，二，十二。”后页却有占了大半面的两条旧年题记，其一：“开明街新开了一家书店，招牌好像唤作北新。柜内只有一个人，绕颊微髯，吐音清越，回想起来颇像又新老兄。当时与其晤接情况，宛在耳目，只是状写不出耳。书店左壁书橱门内有《泽泻集》，此应肆之人则颠倒称之为‘泻泽集’。余过开明街，辄一往观，或取下摩挲，终仍纳之橱门。此时究尚在商校，或系返自杭州之年，已断不定了。总之，过了七八年，游方归来，又专诚去找这一家书店，去看了它左壁上的高书橱，仿佛觉来梦回，惺忪中便欲往觅梦中迷离的道路，好不惆怅煞人。今日检此书，定价只是五十分，思之怃然。一九六一年七月。”其二：“今日得子钦先生西宁来函，云又新先生患鼻癌危在旦夕，驰念不已。六二年四月十五日。”

又有《苦茶随笔》一册，北新书局一九三六年版。卷首插页为照片一帧，系“十八年元日刘半农、马隅卿二君在苦雨斋照相”。谷林题赠曰：“岳麓八七年重印本无此插页，封面装帧亦改变。余颇喜此封面，然持放大镜凝睇久之，终莫辨一字。远公存。一九九五，二，十一，修之。”

又《永日集》，实用书局一九七二年版（据一九二九年上海北新书局版重印）；《苦竹杂记》，‘良友文学丛书’，一九四一年版。前者题赠曰：“故友洪绍骐，系洪丕谟族父，与余同岁，所好恶亦与余极相近。自上海去美国依其子，曾拟寄所藏港台版书与余，临行匆遽，未及料理，抵美未久，遽殁。其夫人嘱其次子点检寄书十三种来，此其一也。余旧藏系苦雨斋中物，故分此册与远公。乙亥岁首，修之。”后者题赠曰：“岳麓八七年重印本，后增校订记和索引，余留钟君赠书，迎新送旧，能勿为远公所笑乎。乙亥早春，修之。”

九十年代初，我出版的第一本小册子署名“宋远”，“远公”之谓自是谷林先生的幽默。《“曾在我家”》的写作，既是对于自己喜欢的文字不能忘怀的系念以及曾经的读书经历不无感慨的一点追怀，也预藏了散书的心事，那么是先生对于藏书的豁达了。纸质书上的“淡墨痕”留下了情感和岁月的痕迹，“今在我家”，当然也是先生赠书十一种暂时的存在状态。在电子书已经破门而入的时代，它更像是太阳下的星光，看不见，然而我们知道，它还在。至于“它”是什么，时下流行语曰：你懂的。

泗原先生

泗原先生是我近年常常会想起的一位“陈旧人物”，只是在我的阅读范围里，很少见到有人提及。日前得获叶兆言《陈旧人物》（增订本），展卷看到有《王泗原》一篇，不免惊喜。而记忆的门也随之开启，零乱的碎片便跌落出来，因此不及慢慢整理思绪，且凭着昔年的日记和先生的来书先把断片略事拼缀。

先生是负翁的同事，也是负翁十分敬重的朋友，便因为负翁，得与先生结识。一九九〇年十月十六日日记记道：“到张中行先生处取书（王泗原先生所赠《楚辞校释》）。”大约是在此之前我向负翁说起手边有泗原先生的《古语文例释》，对先生的学问非常佩服云云，遂有此赠。得书后，我写就一则绍介文字，题作“做学问是一种责任”，很快发在《读书》上。同先生的初次见面，便在次年的一月九日。当天日记中写道：

往王泗原先生家，先生正坐在沙发上假寐，被叩门声惊起，谈未几，而一见如故。别时道："若先生愿意的话，我会常来拜访的。"答曰："岂止愿意！"相送至门外。

王先生看去像有八十开外了，几十年前老伴去世，至今鳏居，生活中的一应事物，皆是自己料理。腿脚似有疾患，行路时一跛一跛，但身体还好。他说：我室内室外穿着不变，也从不感冒。还说到对京剧的酷爱，看戏则必要坐第一排，往往为此而不辞辛苦排队购票。

此番一席谈，话题主要是围绕《古语文例释》和《楚辞校释》。

这以后便常常通信往来。我多半是投书求教，来书则答疑之外兼及近况。先生的通讯地址很简单，因此至今记得清楚：丁章胡同十三号。印象中，信皮上的"十三号"总是写作汉字的。一九九三年十二月二日来书中写道：

典故，我素不肯重视，知道的也多忘却。这方面是一窍不通。来信所举诗句，我实不知。但是诗还是可以作的。平仄、韵脚，不可丢弃，那也不难办。最好不要用典故。前人说作诗须多读诗，也是要从其中得到各种表达方法，学到诗笔。也不可一概而论，名作尽有我们不爱的。杜甫《秋兴八首》是名作，我读来却不感兴趣。李白的七古，人都说好，他七古的长短句我总不喜欢。

读古诗要知道一点古音，自己作就可以不管它。不过知道古音可以几个韵串，是一种方便。我主张您作诗，实由自己不会作，觉得是缺憾，少了一种表达工具。

故书还是要有人钻。近写过一信给广西学生，嘱便中问问出书的路，回信有一句话我看了很伤心，原话说："先生，现在的风气如此，国家不需要象您这样兢兢做学问的人……"

近来写了几封长信，是答一堂弟问族中旧事。族谱已不存，所问惟有我能谈，那就谈谈也好。族谱有的事也不敢直书，明洪武年间族中因重案株连遭抄没，什么重案，缺载。口头相传是血洗。这事倒可以进入"脂麻"。

上月下旬恶冷，这几天好转了。炉火还行，蜂窝煤也旺不到哪儿去。好在我不怕冷，诸请释念。

那时候我还在写作《脂麻通鉴》，因此来书言及"可以进入'脂麻'"。

依稀记得丁章胡同十三号是一个很小的院子，先生住北房，但冬天生着蜂窝煤炉子，因此还是觉得不暖和，坐久了，甚至会冷。大概在信中提到这一点，来书所以曰"好在我不怕冷"。

一九九四年五月三十日来书述近况曰：

近来杂事丛集，没有一件算得上正经的，就是牵挂心肠，放不下来。村中"出土"明代墓志石，来信见询是否有保存价值。

我看有些资料，文章水平也不低（明人文章我多不爱），尚可保存。为让多几个人明白，作了些注，而一注竟有五十三处之多，今已寄去。

想到什么可口之味都吃不到，想到少时家乡美食，写了几句报髀股，寄上一份请正。若不能引起您馋涎欲滴，当自认文笔失败。

吾乡安福，明代以理学著，有王守仁弟子及再传弟子多人。我于理学素鲜兴趣，尊重王守仁，乃以其为人与功业。近乡中寄来乡校校歌，以唱用已八十年，恐传唱不免错讹，嘱校订。既讫，复为就典故数处作注，今已寄去。

所谓“报髀股”，便是刊发在《文汇报》一九九四年四月二十四号“旅行家 · 养生”版的一篇短文《田家有美食》。所及有稻粢、豆腐渣、棉子芽、冲菜、花麦羹、凉粉。田家菽粟，巧手烹调，俱是惠而不费教人口齿生津的“绿色食品”。像他的学术文章一样，这一篇闲适文字也是以简净的文笔而生色。

又同时收到的一九九四年六月七日来书：

您一日信，二日就收到了。今已是七日，怕您已去江西，那就等回来看。我是无事忙，又懒，无可奈何。上月三十写了短信，一直未寄，今一并寄上。

诗有兴即写，走遍南北，更好写了。诗的言语，永远也道不尽的。若道得尽，诗人早绝了。不过都要翻新出奇也难。大家名作，我也有不大感兴趣者。如杜甫《秋兴八首》是名作，我就读不出味来。“香稻”、“碧梧”一联，偏要倒装，全无必要。这也是他故意出奇，故意出奇，即不能算是好诗。“床前明月光，疑是地上霜”，也是大家，这种比喻有何好处？您做您的，大家尽可不管。

吉祥拆了，无看戏处。昨致人一信，发了些牢骚。报载中和九日起连演三十场，那里回家要过地道，我怕去。最怕误车。

先生曾一再鼓励我学诗，我也真的一度发兴学做“诗人”，然而很快发现自己不是材料，努力一回，也就放弃了。对《秋兴八首》的不喜欢，先生不止一次说起。此外还有不少对学问大家的批评。如对《说文解字》段玉裁注的批评即十分严厉，以至于说到段的解释不可信据者不在少数。这一点他曾反复强调，并且每次都举出例证，因此对我竟是很有影响，这些年时常翻检的是桂馥《说文解字义证》，段注便很少查阅。“疑”，可以说是先生读书治学最鲜明的一个特点，这也是负翁同他的脾气相投之处。

京剧是先生的一大爱好。来书所云“中和”即中和戏院，位于前门。那一年开在东安市场里面的吉祥戏院拆了，令一大批戏迷怅惘不置。我婚前婚后的两个家都距吉祥不远，从小就在那里看戏，喜欢它台前没有乐池，同演员离得近。在吉祥也还曾与先生相遇。一九九二年十二月十三日日记中写道：

晚间到吉祥戏院观看侯玉梅专场演出（六元一张票），共三个折子戏，《坐宫》、《活捉》、《改容战父》。为她配戏的几位演员都挺过硬，杨四郎是于魁智扮，于是侯的同学。侯玉梅扮相极俊美，且文武兼备。想起王泗原先生总在吉祥看戏的，果然就在第一排找到他，利用幕间休息的时间，聊了一会儿。

一九九四年九月三十日来书是最长一通，有满满五页。其中说道：

富田文家有文天祥手卷，五十年前尚存，惜我未得见。那时我在吉安教书，有一年吉安要筹一笔赈款，由地方政府向富田文家借来手卷，展览卖票。我因暑假回乡了，若事前知道，当然留在吉安，不回乡了。听说文家后人（文公无后）很珍视，展览时轮流守护不离。

这件手卷，民国初年曾由江西几位名人借出影印，几位名人写了跋语，有胡思敬（光绪末御史）、陈三立、王补（即为先祖父奏议作序者）。我家藏有一份，是王泽寰（补）先生赠与先父的，今不存。观此卷，知沈阳博物馆所藏文公手卷（有影印本）乃赝品无疑。

欧阳脩（当作脩，古脩、修义别，简化字并入修字，非）

倒是真的吉水人。初置吉水县时，欧阳脩的家乡（沙溪，今属永丰县）由庐陵划出，所以欧公是吉水人。后划吉水置永丰县，沙溪归永丰，这时欧公四十九岁。就现在说，欧公是永丰人。可怪的是，标点本廿四史中《新五代史》出版说明竟云是江西庐陵人，且注今吉安，舛谬之甚。我于《例释》中有辨（361 页）。廿四史点校很马虎，《新五代史》尤甚。

文公家乡今又在争旅游权，争收入。吉安市旧为吉安府城，城东螺山之麓旧有文公祠堂，今重旅游，祠堂成了一个景点。经过布置，效益可观。而文公家属吉安县，吉安县离开了市区，不甘心吉安市获旅游之利，于是另设文公纪念堂于县境某地以争利。我民族固伟大，而今却利用祖先的面子吃饭，子孙何不肖至此！

下面说看戏。人民有时有中京院或其所属青年团演出，不登报，当然是因广告费负担不起。多是演到九点三刻，《探母》演到十点。如您看，回家方便否？票当然由我买。人民卖票不如吉祥规矩，反正无好票不看就是。人民、民族宫都有个大乐池，一排就相当于吉祥六排。一个月前各昆曲院团（北、上、苏、浙、湘）青年演员交流演出，在人民，我看了十二场。又看了新艳秋三场程腔，年已八十多岁了。

昨看了北昆演出改编的《琵琶记》。改编者安排的结局是由皇上敕谕，蔡伯喈、赵五娘、牛小姐并为“全忠全孝”，真不知从哪里说起。今日文化普遍低落。

炸酱面北京饭馆没有一家好吃的，今恐更甚。南方的，打出北京幌子，但味道好得多。现在平民化的饭馆实在没有什么可口的，而报上总说“随着人民生活水平的提高”！

如不是太忙，做饭实在不苦。这我倒擅场。客不多，我能做酒席，实际做过，今则无力。即使做，肉类总不新鲜，味当然好不了。从前，像吉安那样的城市，猪肉是卖当天的，自然味好。价又便宜，就在抗日战争时期，比较艰苦，肉也只要二角钱一斤。我两个人，天天吃半斤肉，只一角钱。当时我办报。教书呢，火食吃学校的。一般都吃得好。吃得不好留不住老师。

盼望您能有一段日子不出差，介绍《王礼锡诗文集》的文章还得请您写，并在《读书》登出。

所云《例释》，即《古语文例释》，叶兆言的文章里谈到了这本书的写作经过。书初版于一九八八年，上海古籍社出版，当年就印了第二版，两次印刷共八千册。一部专深的学术著作有如此印量，是很令人吃惊了。这也只是那一年代才有的罢。

来书中的“人民”，即人民剧场，在护国寺胡同，距先生家不算太远，吉祥拆掉之后，大约常去的就是这一处了。

先生赐赠《王礼锡诗文集》，事在一九九三年，当年九月七日日记中记道：

往编辑部，收到王泗原先生寄赠的《贞石山房奏议》、《贞石山房诗钞》及《王礼锡诗文集》。前两种，作者王邦玺，是王先生的祖父，王礼锡的曾祖父。

然而惭愧得很，关于《王礼锡诗文集》的书评我到底没有写出来。手边保留了一封不知为什么没有寄出的信，中间一段即道此事："先生的信任，教我又感动，又惭愧。只是我对王礼锡诗文实在缺少比较深的感受与理解，若勉强作出，岂不更是愧对先生。倒是很想更多了解一点儿先生的经历，特别是中青年时代的经历，如在哪儿上学，在哪儿工作，在京居住有多久，等等。"但如果不是读了叶兆言的文章，先生的经历我至今也还不知道。

拜访先生的次数不多，其中两次是往取赠书。一九九二年十月三十日日记：

午后访王泗原先生，先生以开明版《闻一多集》一部持赠。此集本为精装，后来散掉，先生遂请出版社重新装订为平装。拿给我的时候，是一个方方的报纸包，报纸日期为一九七一年，则二十一年间从未打开。还有一包《缘督庐日记》，同样用的是报纸，日期是一九七八年，并附着叶圣陶先生写在日历纸上的一个便笺，云"送还王泗原先生"，也是从那以后，就再未拆开过。先生说，这一部也是准备送我的，只是因为其中有两处提到他的父亲，所以要抄下来。他的父亲曾为广东学台的幕僚，与叶昌炽同事。当时同在一起的还有江标，与江标则过从更多一些，后江标作湖南学台，还曾驰书聘请先生的父亲作幕僚，江未满任，即调京。

先生说：把值得送的书送给爱书的人，对于书来说，是得其所哉。又说：算上这一次，我一共来过四次，而每一次是什么情况，都记得清清楚楚。

坐谈两个半小时而别。

几个月以后，《缘督庐日记》也送给我了。一九九三年二月四日日记：

访王泗原先生。先生以叶鞠裳《缘督庐日记》一部持赠。

先生说的我一共来过四次，是不错的。一九九一年一月十一日，即初次见面后的第三天，日记中写道：

再访王先生。与我谈起看戏的经历，他说，有一位叫做李翔的旦角，唱功做功都极好，演《失子惊疯》一场，尤见眼神和腰腿的功夫（曾得过尚小云的亲授），却一直受压，票价始终提不上去。先生每为此不平，故只要上演李翔的戏，他必是场场去看（当然是坐第一排）。但李翔终于是被迫转业了，——久不见其出演，多方打听，才得知。还有一位李冬梅，也是同样的情况。

说起《例释》，先生说：古语文（汉以前）无不合乎语法，原因是当时文白不分，故做文章也就是说话，在表达上必得合乎当时当地的语言习惯。文白分家之后秉笔为文者欲摹古人的作文法，而又未能细细揣摩文法（本也无有成文的“语法”），因不免常有欠通之处。

又同年六月十八日日记：

访王泗原先生，送去在成都为之购下的浆糊两瓶。目前他正在为其乡贤（江西安福人）整理著作，进行中的是刘铎之女刘淑的《个山集》，精楷誊抄，加注，一丝不苟。

剧谈半日，犹觉话未说尽。

近年每忆及泗原先生，总是“犹觉话未说尽”的感觉。张爱玲说“一点都不觉得这其间三十年的时间过去了”，来自玉豁生诗的“惘然”之感何其相似，虽然时间还没有那样长。但更深的伤感是这些在自己问学途中留下重要印记的人，倏忽间都不在了。

萝蕤师——《读书》十年日记摘抄

一九八六年至一九九六年，我在《读书》十年，主要负责有关西书的书评，西书中，又以外国文学为主，因此联系的作者多是这一方面的专家。虽然有时组稿未成，不过联系依然保持了很久，萝蕤师便是其中的一位。

称作“萝蕤师”，其实不很妥当，因为我并没有作为入室弟子的荣幸，但初次见面即以“赵老师”相称，写信则是“萝蕤师”，日记中的称谓也多是如此。今从《读书》十年的日记中检出相关的纪事，也便一仍其旧。

萝蕤师住在距离宽街路口不远处的一个独门独院，整个院子前几年在一片呼吁保护的声音中强行拆掉了。当年院子里的一溜儿北房住着萝蕤师的弟弟，我最初拜访的时候，师是住着三小间西屋。八六年年末，我收到萝蕤师寄下的一张贺年片，上下款之外，只有“欢迎你来坐谈”简简单单六个字，现在想起来，这应该是在接到我求见的信之后，因为我们的第一次见面已经是一九八七年了。

一九八七年

二月七日（六）

上午和老沈一起去北大访朱龙华，去北外访许国璋，为《读书》百期的纪念文集约稿。两位先生皆很痛快的应承了。

午后访绿原，仍为约稿事，也很顺利。

嗣后访赵萝蕤，请她为《读书》写稿。

六月廿七日（六）

前日接赵萝蕤老师信，云近日患眼疾，今特去拜望。

原是由脑血管硬化引起的，目今左眼视力仅止 0.02，右眼好时 0.7，不好时 0.4，医嘱好生保养，不可劳累。

一起聊了近两个小时。

赵师平生所恶乃争名逐利之徒和庸俗之市侩，她一生孜孜矻矻，勤于学业，并不曾有丝毫求名利，倾心于教学，而鲜有著述，译作止有四：《荒原》，《朗费罗诗选》，亨利·詹姆斯的小说两篇：《黛西·密勒》和《丛林猛兽》，近年则几乎倾全力于《草叶集》。

“我是科班出身，也许正是因为我受过的教育是非常系统的，所以培养了尊重科学的精神和实事求是的态度。我主张翻译是‘无我’的，‘我’，只体现在智慧、才学、理解力，而不能作为意志强加于原著。傅雷先生的翻译是受到称赞的，但他笔下的巴尔扎克不是巴尔扎克，而是傅雷自己。”

“你没有受过正规教育，但自学使你有思想，头脑很清楚，而且没有世俗气，说话从来不打官腔，所以我以为我们两个竟是很投合的，很愿意和你一起聊，我同别人是很少谈工作以外的事情的。”

她还和我讲起一个有趣的人：“我平生是从不走后门办事的，也没有后门，只有一个例外，就是认识协和医院的一位大夫。他人很老实，热情，坦率，有时还有点天真气，就是庸俗得让人受不了。”他会提出这样的问题：“赵先生，我们认识这么多年了，你该请我吃一顿饭呀。”甚至毫不客气地把摆在赵师面前的菜端过来吃光。又屡次请赵师写信往美国为他联系留学事宜。

九月廿三日（三）

到编辑部。接赵萝蕤信，其中言道："读了你的《读〈黛茜·密勒〉》，写得很好，比你前寄我的一文写得深得多。最难能可贵的是你读通了这两篇不大容易读通的小说，前者和后者具有同样水平。正如我已经说过，我译《丛林猛兽》时感到可能知音难遇，想不到这‘并非专家’，却比许多‘专家’更有识见。衷心感谢你。我没有多少时间，今后我要多翻翻《读书》这个杂志。”

一九八八年

二月七日（日）

上午到王世襄先生家，请他找几幅图，以配置于王毅为《明式家具珍赏》所写的书评中。

又往赵萝蕤老师家送《读书》第一期样书。她非常热情，一再挽留我多坐一会儿，因告诉我，近来心境很有些异样。不久前一位友人对她说：你无儿无女，晚年堪伤，日下身子骨尚硬朗，一切可自己料理，一旦生出什么病症，行止不便，当作何处？听罢此言，很受震动。

赵老师现与其弟同居一院，弟弟一家也是“牛衣对泣”，膝下并无子嗣，如此，只是三老了，年龄一般上下，谁也顾不了谁。

六月廿二日（三）

访萝蕤师，她对我讲起不久前参加了父亲赵紫宸先生百年诞辰纪念，由此勾起许多回忆。她说她是父亲最疼爱的孩子，小时常常陪父亲一起散步。又给我紫宸先生诗集《玻璃声》中写给她的一诗一词，其中一首《沁园春·题萝蕤师友册》道：为汝题笺，有两三言，记取在心：看云寰寥廓，人生奥秘，无穷美丑，尽是经纶。饱挹朝霞，闲餐沆瀣，宇宙庄严持此身。青年志，要思超万象，笔扫千人。　能真禀度贞醇，处浊世独高不染尘。念益友堪导，良师易得，弦歌继永，缃帖横陈。史续班门，经传伏女，女子而今不效颦。论诗句，更吾家雏凤，回响清新。

她并且告诉说，自己的名字，也是父亲起的，典出李白《古风》四十四：绿萝纷葳蕤，缭绕松柏枝。不过这给她一生带来了无数的烦恼：凡需使用名字的地方，都需要费上多少唇舌。

她的母亲是一位没有文化的家庭妇女，与父亲一起生活了七十年，是典型的中国式的贤妻良母。

一九九〇年

五月八日（二）

为赵萝蕤老师做生日（五月九日，一九一二年）。由她提议，往东四肯德鸡炸鸡店吃快餐，这里卫生，清静，费资亦不多（22元）。先骑车到她家，然后一起坐车。回来取了车，再往编辑部。

一九九一年

四月十五日（一）

往编辑部。

访赵萝蕤。自去年为她做生日，至今，已将近一年未见了，此间她曾到美国访问了三个月。

进门时，她正在读第三期赵一凡谈《围城》的文章，便问起她是否读过《围城》。答曰：《围城》是早就看过的，但对书中所描写种种，并不熟悉。她说，我和钱是清华研究院时的同学（钱比她低一班），和他的夫人也挺熟，他们的婚礼是在杨绛家举行的。杨家有一个很大很大的院子，婚事在一文堂中举办（一文堂，得名由来大约是一文钱一文钱集资修建的）。当时只邀了些亲戚，我们夫妇却参加了，是很少的几位朋友中的一对，因恰好在南方的缘故。我和钱的生活圈子不同，他是有生活阅历的，而我却没有。以后的几十年，我们几乎再没有来往，形同路人。

萝蕤师又告诉我，她八岁才上学，但一连跳了好几级，最后从初一一下子跳到高二——本来可以直接跳到高三的，但她的父亲不允许，说她太小了。但这一下却受了苦：数理化全不行。于是一年中抛开其他功课不念，专攻数学，才考了个60分，总算及格。她上大学时才十六岁，是靠语言能力拔尖的。

五月四日（六）

访赵萝蕤老师。她告诉我，四月二十七号北大为五位七十九岁的老教授做寿，用汽车把她接去，先是丰盛的茶点，继而丰盛的午宴（在留学生食堂，每人35元的标准）。“都是我爱吃的！有炒虾仁、炸大虾、香酥鸡……”。最后每人一个大蛋糕。

谈起清华研究院的老同学田德望先生，她说，我特别喜欢的一个人就是他，喜欢他的为人，也喜欢他的译文。当年她读研究生的时候，田是本科生，他们同选了《神曲》这门课。而选学这门课的，只有他们两个人。教课的老师是英国人，使用的课本是英、意对照的。

十月十三日（日）

访赵萝蕤师。今日她谈兴颇浓，讲了许多早年的经历，还送了一张她与陈梦家的合影。照片上的萝蕤师是一位苗条韶秀且略含几分羞涩的少女，而从今天的苍老面容上，已经一点儿都见不到昔日的影子了（几个月没见，她好像老了许多）。

十二月廿一日（六）

畅安先生看到《读书周报》所载《别一种情缘》，很是高兴。我告诉他，我只会讲些外行话。但他说，前不久遇赵萝蕤师，赵云，我不懂外语，但讲的话还很内行，倒是某先生总说些外行话。赵师此处系指我为其译作《戴茜·密勒》所为之书评，那正是与她结识的开始。

十二月廿八日（六）

访赵萝蕤师（送去一本挂历）。九点多钟了，刚刚吃早餐（牛奶、鸡蛋、饼干抹花生酱）。看见我很高兴，马上拿出一盒明式家具图片相赠。这是一位美国人搞的，他正准备在加州建一座明代家具馆。她说："本来也舍不得送你的，因为我只有三盒，可昨天王世襄来拿了六盒，所以可以送你了。"又说起近来对某某的宣传大令人反感，"我只读了他的两本书，就可以下结论说，他从骨子里渗透的都是英国十八世纪文学的冷嘲热讽。十七世纪如莎士比亚那样的博大精深他没有，十九世纪如拜伦、雪莱那样的浪漫，那样的放浪无羁，他也没有，那种搞冷门也令人讨厌，小家子气。以前我总对我爱人说，看书就要看伟大的书，人的精力只有那么多，何必浪费在那些不入流的作品，耍小聪明，最没意思。"

一九九二年

三月二日（一）

访赵萝蕤师。她兴奋地告诉我，《草叶集》出版了，今日刚刚收到样书。又给我看单三娅为她写的一篇专访（刊《文学报》）。由是方知，她早年竟是写过不少诗的。问今尚有存否？答曰："文革"抄家时全部被毁弃了。多数是从未发表过的，少数几首刊在杨刚主编的《大公报·文艺》和宗白华主编的《时事新报·学灯》上。阎纯德主编的《她们的抒情诗》曾收录了她的三首诗。因假得此编，将诗录下：

中秋月有华

今天我看见月亮，
多半是假的，
何以这样圆，
圆得无一弯棱角。

何以这圆满，
却并不流出来，
在含蕴的端详中，
宛如慈悲女佛。

岂不是月外月
月外还有一道光，

万般的灿烂
还是圆满的月亮。

静静的我望着，
实在分不出真假，
我越往真里想，
越觉得是假。

（选自《新诗》一九三六年第二期）

北　平

北平的白天是严肃的，
北平的黑夜是静穆的，
北平没有大海，
北平的巨浪是看不见的。

也有秋天蟋蟀儿低鸣，
夏天的池塘不缺少氼蛙，
冬日的白天像夜一样淡泊，
但北平永远是看不见的。

就是西山的霞霓，戒坛的秋枫
圆明园的苇干，北海的白塔，
和玉泉山的水清得见底，
也完完全全是看不见的。

北平的大海是看不见的，
他的波涛永远是静穆的，
望那最远最宽最大的大海，
限制永远是看不见的。
（一九三八年十月）

苗　女

苗家女郎和氏的玉，
花洒衣裳真璨斓，
银簪蓝包头裹住的璞。

肩上背着山里的柴，
野地的麋鹿扎住了腿，
把你的美丽上街来卖。

你对我看，何等羡慕，

你有我没有，我有你没有，

咱们是各想各心照不宣。

（一九三八年十月）

赵师说，这是在云南西南联大时所见。

三月廿七日（五）

访萝蕤师（持陆灏交下的《草叶集》，请她签名）。恰好座中有客，不便久留，匆匆辞去。正好她们在品尝一盒台湾产“凤梨酥”，便请我吃了一袋。包装的设计很古雅，内装两小方。入口软糯，异香满口，好吃极了。

五月九日（六）

今是萝蕤师八十寿诞。请她到新开业的麦当劳吃汉堡包（巨无霸，8.50 元一个）。又吃了一份菠萝冰激凌（4.50 元一份）。但她说这里的冰激凌不及国际快餐城的冰激凌好，她要请我吃一份。于是从王府井南口一直走到北口，在快餐厅又各吃一份“美国迪克冰激凌”（每份 5.00 元）。

问起她年轻时的一些事情。她说在大学中，她是同年级中最小的一个。王世襄、萧乾等，年岁都比她大，但班级都低于她。那时她的外号叫林黛玉，有许多追求者呢。但她却追求了陈梦家。“为什么？是不是喜欢他的诗？”“不不不，我最讨厌他的诗。”“那为了什么呢？”“因为他长得漂亮。”

陈梦家十分活跃，赵却不。所以至今人们提到赵萝蕤，前面总要加一句“陈梦家的夫人”。“他的知名度比我高得多。”

她还告诉说，“我对学生们很严厉，他们都怕我。我一共带过四个博士生，有两个给了他们不及格。”

想起前番去看望她，正是清明过后不久。她说，每年清明，我要祭奠两个人，一个是梦家，一个是我的父亲。梦家死时连骨灰也没有留下，所以我只能是在心里悼念一番。

一九九三年

五月七日（五）

往编辑部。处理校样。

午间如约往萝蕤师处，为她做寿。本来讲定一起去东四吃肯德基的，但看看风大，便先买好两份携往。萝蕤师极高兴，连说这个主意想得好。她前些时花两万六千元装修了房子（原是父母亲住的，多年未启用），居室内布置一新。明式家具及若许老古董都见了天日。迎面右边的墙上，就挂着汉瓦。卧室门楣上，则是一幅明人张路的山水。工作间兼书房的书架上，是古陶片、汉代铜镜、薄胎漆器等。又给我看了一部明版《三保太监下西洋》，上面有康生的题字和名印。——是“文革”

时被抄去，后又发还的。康生所题略为：刻得甚佳，图亦不恶，惟内容实劣。

庭院中，数丛高大的月季“树”，是当年萝蕤师父母手植，多年来不曾剪枝，所以长得高齐屋檐。北屋门前的一丛，已开满了红的黄的花。

盘桓近两小时，辞出。回到编辑部，继续弄校样。

一九九四年

五月九日（一）

往编辑部。

到肯德基买了快餐，往萝蕤师家。一庭月季，高大如树，累累繁枝，花事正盛，浅粉、深红、杏黄、牙黄，粉、白交叠，一片灿烂。一株核桃，树荫压了半个院子，月季花边，又是一大蓬白蔷薇。

一九九五年

五月九日（二）

十天前给萝蕤师写了一封信，约定今日午间为她做生日，及至到了赵府，见满满一屋子人，才知道这封信没收到，只好改作晚间。

五点钟到肯德基买了四份炸鸡（90 元），再往赵府，一会儿，陆灏、郑逸文捧了一束鲜花来了，先吃生日蛋糕，再吃炸鸡，七点半辞去。

萝蕤师说，最近刚到银行取了一笔五万元定期三年的存款利息，结果得两万七千元，真是意外，“我的钱多得不知道怎么花啊，卖房子卖了七十万块，每个月工资还有一千多，《草叶集》翻译了十二年，稿费千字十二块，寄了我一万五。取的时候，我就直接寄了一万块给我的堂妹，因她在德清老家要翻修房子。”现在还有四十八件明式家具，可以卖一百万美金。“陈梦家藏过八件明代的刺绣，四件是春耕，四件是秋收，抄家抄走了，后来也没退还。”不知道是不是顾绣？

一九九八年

一月七日（二）

一清早，接到赵萝蕤治丧委员会寄来的讣告，大吃一惊。月前赵老师尚有电话来，说准备与人合作，翻译亨利·詹姆斯的一部中篇小说集，于是和老沈说了，马上同意收入“万有文库”。去年五月八日往访祝寿，仍见她精神矍铄，辞别时还高高兴兴地说：“明年见！”谁想突然间天人永隔，这三个字竟成永诀。

关于南星先生

海豚出版社近期推出的“海豚书馆”系列中收入南星《甘雨胡同六号》一小册，这是我早就听说但始终没有读到的一本书。

二十多年前曾与作者有过不多的交往，以后又做了译著《女杰书简》的责编，还写过一则短文《诗人南星》，发表在《文汇读书周报》（一九九一年七月二十七日），署名“雯子”。小文中写道：“已经好久没有见到诗人。‘乙夜青灯之下’，《松堂集》中的文字常会悄悄浸漫在灯影下：‘夜了。有一个不很亮的灯，一只多年的椅子，当我一个人挨近灯光的时候，我的客人就从容地来了，常常是那长身子的黑色小虫。它不出一声地落在我的眼前，我低下头审视着，它有两条细长的触角，翅合在身上，似乎极其老实不会飞的样子。我伸出一个手指，觉得那头与身子都是坚硬的，尤其是头，当它高高地抬起又用力放下去时，就有一种几乎可以说是清脆的声音。如若用手指按住它的身子，它就要急敲了，我不愿意做这事。但不留住它，它会很快飞到别处，让我有一点轻微的眷恋。’如爱德华兹的《飞蜘蛛》，如富兰克林的《蜉蝣》，而更清，更纯。没有哲理的阐发，不寓道德的训诫，也并非科学的观察，只是一种生命与生命的交流，灵性与灵性的沟通。从琐屑、细微、无谓的生活场景中感受到纯真的情趣，那是一颗诗人的心。嫩绿的豆荚上，细软的轻尘里，杂沓的市声中，心对‘物’的发现，便是诗人的境界了。这境界是宁静的，却不由清心寡欲而换得；这境界是热烈的，却不因世俗的欲望而鼓荡。”“在一本诗集的引言中，诗人写道：‘这些梦到现在已经是古老的而且离这世界一天比一天遥远，记录它们的纸页也残破生霉，不过假如有所记忆不算是犯罪，在我的寒冷艰辛的生活中偶有几分钟休息的时候，它们就像完全褪色的古画一样回到心思里来。……当然是没有用的了，因为这个时代命令人类保留着肉体而忘记灵魂，这一本小书印出来又是一个过失，幸而印数极少，天地广大，散碎的黄叶不久便片片飞尽了。’半个世纪之后，这话似乎不幸而言中。诗人早年那些‘词句清丽，情致缠绵’的文集、诗集，是否还会重印？而沉默多年之后，诗人的名字是否会被世人遗忘？这些，我都不能知道。但生活中会真的没有诗么，——假如人类尚未忘记灵魂？即使那古老的逝去的梦已不可追回，人总还是要做新的梦吧。”

又是十九年过去了，诗人早归道山。然而“诗人南星”却未被遗忘。《甘雨胡同六号》卷前有陈子善所作《出版说明》，其中转录了作者自己撰写的一份简历，陈文又稍事补充和修正，且于先生之著述有画龙点睛的评论。诗人一生事迹，已大略在此。今检点旧日记，录出与南星先生交往始末及相关的人与事之点滴，似可作为《出版说明》中未曾涉及的作者晚年境况的一点赘语。至于书信中对受信人的揄扬之辞，原是照例的客气，只是先生尤为谦和而更令人惭惶和感念。

一九八七年

十月十九日（一）

一日风犹未止。

八点半赶到北大门口，候李庆西至，一起往金克木先生寓所。

李与金谈稿，我便去访张中行先生。

老两口刚刚摆下早饭，两杯牛奶，小碟上数枚点心：广东枣泥，自来红和大顺斋糖火烧。

张先生从相貌到谈吐，令人一看就是典型的老北京，当然居室的气氛也是北京味的。

《负暄琐话》书出，在老一辈学者中反响不小。先生给我看了启功先生的手札两通，是两天之内相继付邮的。第一通乃书于荣宝斋水印信笺上，字极清峻，言辞诙谐，备极夜读此书之慨。其后一封言第二夜复又重读一过，心更难平。

请先生在我辗转购得的《负暄琐话》上留墨，乃命笔而题曰："赵永晖女士枉驾寒斋持此书嘱题字随手涂抹愧对相知之雅不敢方命谨书数字乞指正"，又钤一方"痴人说梦"印（此印系专为此书而制）。

与我谈及先生之挚友杜南星，欣慕之情溢于言表。道他乃极聪慧之人，不仅是诗人，而且就镇日生活于诗境之中。并说，世有三种人：其一为无诗亦不知诗者，即浑浑噩噩之芸芸众生；其二为知诗而未入诗者，此即有追求而未能免俗之士；其三则是化入诗中者。而杜氏南星，诚属此世之未可多得的第三境界中人。

拜别之时，又执意相送至楼下寓外。

到金寓与李庆西会合，同归。

十月廿四日（六）

得杜南星先生复函，略云：永晖先生：得手札，甚欣忭。先生文笔，跌宕多姿，华彩缤纷，而恳挚之情，跃然纸上；复不惮风霜，拟予临寒舍；当洒扫庭园，诵"我有嘉宾，鼓瑟吹笙"

之句，以迎车驾。与君一席话，胜读十年书，其乐如何！

因忆及金先生所云与杜之结识经过：金的一位朋友办了一份小报，金为副刊专栏撰稿人。一日，金往游，见字纸篓内有一叠装订成册的稿件，拾而识之，乃杜南星与友朋之往来书札，誊抄后作稿件投，意欲售之，又见落款处有“北大东斋”字样，遂知此为男性（东斋乃男生宿舍）。金见其文笔尚好，只是错投，——以副刊之区区半纸，何能刊此长文。于是揣起，后得便转托他人交还杜。

时与杜同宿一寓者为庞景仁。庞的脾气有些怪，不喜与人交往。初，每见金来，便起而去，盖厌之矣。某日，慢行一步，偶得金之数言，恍悟此非俗人，自此订交。今庞已成故人，提起这一段旧事，更有不胜唏嘘之感。

十月廿七日（二）

晨往东直门长途汽车站，九点钟乘上直发怀柔的车，十点二十分到达。

县城建设得很是漂亮，道路平展宽阔洁净，两旁多布草坪绿地，影剧院、百货公司及政府机关皆为簇新的楼房，街上行人很少。

穿西大街，过府前街，拐上北大街，此已为城边，而北大街十号的杜宅则将及街的尽头了。

两扇朱红小门半掩着，进得门来，便是一所小小的院落，未有渊明之菊，不见林公之梅，耳畔倒闻得清清爽爽的剁菜声。左手一溜瓦房，透过明净的玻璃窗，见一老者正临案挥毫，心知这是杜先生了。

房门开在尽头，一位小伙子迎上来，猜想这是杜公子，而砧案前的老妪则杜氏夫人无疑。

杜氏夫妇居两间，外屋举炊、就餐，内室作起居之用。房间极宽敞，家具又极简单，不过一床、一柜、一案并一小小的书架，真朴之极，净之极。

杜先生一望便知乃一忠厚长者，谦和、诚笃、善良，但却不擅言辞，碰巧我也是个口拙的，自然交谈就不热烈。不过此行的目的还是达到了，——我请他为《读书》写文章（谈英国散文），他爽快答应，但苦于手边没有书。便请他开了书单，准备再找张中行先生帮忙。

聊了半个小时，起身告辞，全家人真诚留饭，以有约婉谢，主人也就不再勉强，相送至宅外，又伫望良久。

一点半归家。

十一月十六日（一）

收到南星先生的来信，开首几句挺有意思：如一斋主先生，风笛过四山，黄叶飘三径，得惠赐手迹一纸，为之欢欣雀跃。

先生法书，堂庑广大，力透纸背，仇诗亦楚楚有致，珠联璧合，沁人心脾，谢谢（“仇诗”，即日前书寄之仇仁近《闲居杂咏》诗）。

十二月二日（三）

张中行先生电话相邀，遂往访，商讨关于南星先生译事之种种。

十二月五日（六）

往怀柔访南星先生。

先生近日偶感风寒，正卧病在床。此番主要是为送书，略坐片刻便告辞了。夫妇一起留饭，婉谢。先生似甚不过意，说：“我该怎样感谢你呢。”

十二月十一日（五）

访张中行先生，商讨译事。

接南星先生复函，乃小诗一首，《谢赠·答如一斋主先生》：佳句如佳宾，翩然入茅舍。新诗发异香，芝兰盈陋室。殷殷问餐食，眷眷语霜露。何当对村醪，共话读书趣。

一九八八年

三月五日（六）

连日大风不止，今日复如是。

骑车往北大，给陈平原送书、送邮票，到金先生处取稿，在张中行先生那里借得南星的诗集和散文集。

《三月·四月·五月》是诗集，“引言”中写道：

不知多少年以前了，我住在一个寂寞的庭院里。那一年的春天说来奇怪，我好像第一次看见树木发芽，阳光美好，那时候的环境允许我有许多梦，甚至有时间把它们记录下来。……一九四六年十月末日，南星记。

为南星的《松堂集》写了一篇小稿。

一九九〇年

九月廿七日（四）

往编辑部。

午前到人教社访张中行先生，然后一起往杜南星先生家，——怀柔之乡居附近将修路，遂迁至帽儿胡同女儿家中。

南星先生看上去似较前两年又老了许多，老两口住在大院中的一个小院，倒也还清静。

幸而张先生健谈，否则就要六只眼睛对视而无言了。谈碑帖，谈砚台，谈鉴赏，又说起某先生，“我觉得一个人肚子里有十分，说出八分就行了。像周二先生，读他的东西，就像是一个饱学之人，偶尔向外露了那么一点，可某先生正好相反，是肚子里有十分，却要说出十二分。”

不到一个小时，杜师母就拾掇好了饭菜：红烧鱼、摊黄菜、菠菜丸子汤和一盘火腿肠，一盘豆制品，张先生一人喝酒，大家吃饭。

一九九一年

五月二日（四）

往国际关系学院招待所访杜南星先生，取《女杰书简》译稿。将近午刻，张中行夫妇也到，一起照了几张像。张提议将《书简》译稿送李赋宁先生处，请其为之作序，杜欣然赞同。

张留饭，婉辞，疾归。

一九九二年

九月十一日（五）中秋

往发行部，为何兆武先生购《读书》第八期三十本；领《女杰书简》样书，又到朝内去邮寄。

阴一日，黄昏雨。是一个无月的中秋。

尽情灯火走轻车

六月初二，侵晨起身，看到昨晚友人发来的短信，知道金性尧先生以九十一岁高龄辞世。

与先生的相识大约在上世纪八十年代末。印象中是读了《古今》，很喜欢其中署名“文载道”的文史随笔。但近几十年的出版物中似乎再见不到这个名字，因猜测这位作者很可能早已不在了。不记得是哪一位长者告诉说：“文载道还健在啊，就是金性尧。”于是便认识了，且通讯往来近二十年。九六年以前，先生是《读书》的作者，虽然发表的文章并不很多。我离开《读书》之后，与绝大多数的作者都渐渐断了联系，先生则是很少几位始终保持来往的师长之一。有新著问世，总会寄我一册，——最后一册赠书得自去岁仲秋，是由先生的女公子携来，便是《三国谈心录》的大陆版，扉页上一如既往有着先生的亲笔题赠。问起近况，说是“还好”。不敢再问是否还能读书，而心里知道，不能读书，对先生来说，生之乐趣也就没有了。

先生一生写下的文字，大约数量最多的便是文史随笔，或曰文史小品也可。一贯的风格是平实而质厚，不事雕琢，而有蕴藉。正如早年的笔名“文载道”，先生的文史随笔始终萦绕着对世情的关注，虽是尽由读史而来，隐而不显。其实读史每每会从中读出“今”来，但要融知与识于一炉而以蕴藉出之，却不能不靠积累，积累而复久酿，方有其厚。《饮河录》付梓，先生命我作序，再三“抗命”而不果，因草得短跋，其中写道：“先生之文，不以文采胜，亦非以材料见长，最教人喜欢的是平和与通达。见解新奇，固亦文章之好，但总以偶然得之为妙；平和通达却是文章的气象，要须磨砺功夫，乃成境界，其实是极难的。”这的确是我的真实感受。而先生“三百首”系列的特具赏鉴之眼，感悟之外，也还应该说是得自深厚的文史修养。记得是在九十年代末，我的一则短文“荔枝故事”刊于《解放日报》，其时是当作文史小品来写的，先生说读后很有些失望。我因此想到先生心中于文史随笔该是悬了一个很高的标准，而我竟为自己定得低了。

很荣幸也很惭愧，先生总把我视作文章知己。在一封信中他曾特别谈及我们的“共同特点”，曰：“自学出身，无名师益友。

聪明，有才气。这是王任叔在我二十三岁时给的评语。我们的文章，也可说毫无意义，但有才气这一点是很显明的。……厌凡庸，厌头巾，厌婆子嚼舌。有审美力，感情质，无理论基础。喜博览，爱书如命，手不释卷。喜收藏，近于贪婪，几日不到书店，茫茫然如有所失。但我因怕出门，买书受到限制。古的今的都喜读，但偏重于古。对学问穷根追底，一篇一二千字小文必遍阅资料，准备时间多于写作时间。”这里应该把我排除掉，那么这是“夫子自道”了。读书，爱书，写书，这是作者的乐趣，也是留给读者的乐趣，它不随着生命的逝去而消散，反而教人因此从生命的无端来去中看到某种永恒。

我一向怕写悼念文字，尤其在尚不能跳出悲哀而从容思索的时候，实在是惟有此际才最感到文字的无能与无力。展开数十通来书，看到上一个犬豚交替之除夕先生写下的一首诗，末联有走出苦痛经历的超然，也可以说是晚年情境的自况，因谨录此作结：“鬟云鬓雾若新梳，漏泄春光柳渐舒（用杜公‘漏泄春光有柳条’句）。顾我一身唯有影，驱寒万计不如书。犬豚中夜方相接，天地明朝又授初。已过艰危馀事了，尽情灯火走轻车。”

一夜不能成眠。二十多年交往，点点滴滴，漫无次序乱絮一般堆叠在眼前。不是骤然的瞬间之恸，而是缓缓的浸蚀之痛。

不论年龄还是学问，于杨成凯我都应该尊一声“老师”，但是自结识之日起便是直呼其名，从此数年未改，也就不再改。

与杨成凯初识于一九九〇年，——如果不是有日记，大约不会记得这么清楚：当年的二月九日日记中写道：“日前范景中过访，道及其挚友杨成凯乃一聪明绝顶之人，数学、象棋、版本校雠，诗词戏剧，无所不能，无所不精，且记忆力绝强，可同时与十人对盲棋，乃惊为天人，实欲拉拢来为《读书》作者。次日付书，今得电话，谈甚洽。”第一次见面，便是在他供职的语言所，一见定交。

果然如范景中所说，杨成凯是一“聪明绝顶之人”，记忆力尤其好，听他讲某某书的版本源流如同听故事一般，而他脑子里却是装着无数的书故事。听多了，也渐渐生出兴趣，于是每周一次约在琉璃厂书店看书和买书。记得有一回在店里看到两部《书舶庸谭》，其一是四卷本，其一是九卷本，前者的标价高于后者。杨成凯一再提示我买四卷本，我很奇怪，可他又不明白说出道理，因此我还是买了九卷本。以后才知道两个本子的差别，但错失者也就此错失掉了。一九九一年，杨成凯提出与我合作一部《唐宋词籍版本考》，我觉得这个提议挺有诱惑力，但是彼此间的差距太大了，即便他在原地踏步，我跑步前行，也还是难以望其项背。因此知难而退，最终是以写了几篇小文章而告结束。这几年的大概情形，曾写在小书《无计花间住》的后记里：

九十年代开始稍稍集中于词集和目录版本，这是因为有一位挚友林夕兄领路的缘故。有很长一段时间，每周四的下午相约于琉璃厂古旧书部，看他从架上信手拈出一册，听他随口讲出许多相关的故实。有疑，则每每小叩而大鸣，我因此东鳞西爪略略识得些皮毛。或自以为读书有得，便草成几行文字。本书中的第一组，即是这一类。那时候常去查找资料的地方是北图设在文津街的分馆。高敞的殿堂里，稀稀落落三五人，填好索书单，书取来总是很快的。捻亮桌上的台灯，展卷而读，舒适而安静。至于读哪些书，多半是按照林夕兄的指点，因此没有漫无头绪之虞，而往往开卷有益。九五年以后兴趣转移，问学于林夕兄时的所得逐渐淡忘，所存不过一点读书的记忆而已，打个比方说，当年曾经一脚跨入殿堂门里，但另一只脚却至今尚在门外，因此对于这一部分文字，修改、增补皆无可能。姑且以“花间”用为词的代指，则《淮海词》之“无计花间住”，正可以算作实况。

一九九五年起师从遇安师研究名物，依然常会遇到古籍版本问题，照例随时打电话向杨成凯求教，照例都能得到指点。只是他退休之后，很少再来所里，自然就没有了顺道至敝寓聊天的方便，因此难得见面了。通电话时，常听他说腿的情况很不好，行动都有困难。以他以往的健硕来揣度，总觉得不至于有怎样的严重。直到二〇一一年十二月参加文津雕版博物馆举办的《闲闲书室读书记》、《北大燕南园的大师们》首发式，同日杨成凯在文津讲坛讲演，听他的声音仍然很宏亮，但从台上走下来却是要人搀扶，有点抬不起脚的样子，方才吃惊：怎么一下子会成这样了呢。其时周围人很多，不及接谈，将一册《无计花间住》塞到他的书包里，便匆匆别去。

二〇一三年四月廿二日，接到陈颖电话，说杨成凯已在协和住院二十天，诊断出胰腺有问题。医生说手术恐怕不是最佳方案，先保守治疗试一试，因此后天就出院了。于是赶往病房。

看起来精神还好，他说还有好多事没干完，最重要的是三件事：汉语语法基础；《人间词话》的解读；古书版本的若干问题。今年二月，杨成凯终于拿到海豚出版社出版的《人间词话门外谈》，虽然尚只是手工装订出来的样书。五月二号他发来短信说："万万想不到从不服人的周流溪打电话给我那样的好评，我都听呆了。看来门外谈还不是胡说八道，出我意外。"周流溪是他的同门。

最佩服杨成凯关于目录版本之学的精深造诣，但他每每会说："对于我来说，这纯粹属于玩儿，我的正业，我的学术贡献，是语言学。"去年八月二十三号短信："我此生做了许多工作，可惜有的未发表，有的为各种原因被有意无意压下了，至今无人知道。如今想起来时不我与，辘轲不断，此天意，非人也。"今年二月二号短信："我翻了翻我的汉语语法理论研究，有此一书足可扬名于世，不枉人间走一遭，如今已经写不出了。""那该好好重印一下啊。""接受意见，列入修订或增订计划。"这一部"三不朽"之一的著述，便是辽宁教育出版社一九九六年出版的《汉语语法理论研究》。而我多次听他说起，"我的学术思想没有人能够理解，众人皆醉我独醒"。

虽然为本人一向视作"玩儿"，但杨成凯数年倾心于词集收藏，并且颇有精品，这是藏书界中人都很了解的，他也早已有意为自己的闲闲书室藏书编撰书目。去年八月八号短信："友人多次劝刻藏书印，想不起可用之名，闲闲书室'闲闲'二字重，不好刻。忽想起家师曾说我总在天上飞，不着地，就刻天马行空之室藏书如何？"然而编撰书目一事，却是终究拖延下来。南宋词人张孝祥英年早逝，史曰"孝宗惜之，有用才不尽之叹"。这是古今英才共同的运命么？

二〇一四年一月十八日，杨成凯用短信发来昔日所作《述怀六绝句》："辜负一春万象新，群芳过尽无知音。纷纷俗子翩跹舞，愧向邯郸作后尘"（之一）。"半生飘迹任西东，血气未销情益浓。乘兴钓鳌玩笑事（后改君莫笑），唾珠吹落九天风"（之二）。"褒贬神鹰寂寞时，世情冷暖固如斯。宏图大展翱翔日，未必伊人不自失"（之五）。"乘兴钓鳌"，当指恢复高考后的考研一举中第，而他好像中学的时候就休学了，语言学专业之外的学识，全部是靠了自修，包括外语。

严晓星说："他是我这辈子见过最诚恳的人。"我谓此是纯粹的君子人也。绝顶聪明之下，是几分憨，几分迂，是没有一丝掺假的诚挚，正如我景仰爱戴的另一位长者谷林先生。世间成就一位有创造力的学者固然不易，而成就一位这样的学者兼君子，尤为不易。杨成凯以他一贯的认真，做了很多学术工作，而往往署了他人的名字。有的是他自愿，也有的是"被"自愿，但即便属于后者，他也并不以此为意。

退休前，杨成凯每周返所，过敝寓小坐无计数，却是从未喝过一杯水，更不必说吃饭。而二十多年间我们共饭大约不超过三次，两次是多人的饭局，一次则是一九九一年春我往北大访金克木先生，归途经过杨成凯当日寓居的地质学院宿舍，时已近午，他从食堂买来包子，于是和他的公子杨靖一起，共进午餐：三个包子而已。去年九月我生日，杨成凯居然破天荒订了送货上门的蛋糕，于是给他发短信："真没想到你还有这样的浪漫。"他回复道："唉，活到老，学到老吧！"同月廿日，与李航同去为杨成凯祝寿。他将旧年所假甲申刻本《云间三子新诗合稿》一部归还，但借去时是未曾装裱的，现已裱作"金镶玉"，并加了一个函套。杨成凯说："这是琉璃厂的师傅裱的，如今已经找不到会这种装裱的师傅了。"此后，彼此便全部是短信往来。五天前，他发来短信说，"版本的小书本来还想大改一下"，但胡同已经着急拿过去交给朝华出版社了，说是两个月就可以见书。"先要保证质量呢。"回曰："说的是满好。""满好"二字，遂成二十五年交谊的休止符。

清真词中的名篇《兰陵王·柳》，历来有多解，或道己送人，或道人送己，又或解作客中送客，乃缘"望人在天北"之"人"，是己是人难以确指。与杨成凯论词，讨论最多的就是这一首。

去岁曾以此词书扇为他祝寿，今晨忍悲复书一过，竟已是“望人在天北”。然而跳出此词阈限，不妨说人人都是世间过客。“望人”之人，非己非人，亦己亦人。如是，此际正合折柳一枝，客中送客。

以『常识』打底的专深之研究——孙机先生治学散记

“所谓科学方法，一曰不忽细微，一曰善于解剖，一曰必有证据。”

“所谓博学者，谓明白事理多，非记事多也。”

“中国学问有二类，自物理而来者，尽人可通；自心理而来者，终属难通。”

以上是《量守庐学记续编·黄先生语录》中的几段话，把它移用来说明孙机先生的治学，正是很贴切的。

认识先生是在十二年前，——王世襄先生给了我电话号码，说：给你介绍一位最好的老师。先是通电话，后是书信来往，很长一段时间之后才见面。见面的日期至今记得很清楚，那时候我还在《读书》编辑部，先生单车驾临，交谈的时间前后不足十分钟，似乎只是一个目的，即送我一本信中索要的《文物丛谈》，而这本书当日在书肆已经买不到了。

在此之前我先已有了先生的《汉代物质文化资料

图说》，系友人陆君推荐。挑着读了其中的几节，便觉得实在太好，竟好像得获一部“汉代大百科”。全书一百一十一题涉及了两汉社会生活乃至日常生活的方方面面，比如农业六节，从起土说到收获；纺织六节，从养蚕说到织物品种；又武备六，车七，建筑十四，服饰八，饮食与炊具九，灯二，熏炉二，等等，等等，两汉的考古发现几乎尽皆网罗在内。它虽以“资料”名，然而却并不是丛脞纷纭的一部资料汇编，书中固多综合各家之研究的部分，但更有自家的发明与创获。其中用力最著者，是以实物与文献相结合的办法为各种古器物定名，并且在此过程中揭出人与物的关系，进而见出两汉社会的种种历史风貌。深厚的学养，广博的知识，严谨的学风，严肃的科学态度，使得这里所涉及的各个议题都达到了专精的程度，有的题目甚至抵得一篇专论，比如修订本中增补的漆器篇。因此它又不仅仅是一部囊括汉代百科、足以教人信赖的工具书。

这一部书的准备工作可以说是从七十年代就开始了，那是在江西鲤鱼洲干校时所从事的“地下工作”。书的图版草样先生后来送给了我，原是一百多页的米格纸用穿钉钉起来一个厚厚的本子，每一页安排一个小题的图版，或用笔钩摹，或粘贴剪下来的各种图样，而一一排列得整齐有序。目前它的修订本刚刚由上海古籍出版社推出，规模超出初版五分之一强，图版更换了近一半。从初版的一九九一年至于今，各地汉代考古的新发现经过梳理和考辨悉数补入此中。这一部书所体现的科学精神，用黄侃的话说，正是“一曰不忽细微，一曰善于解剖，一曰必有证据”。

先生不大喜欢被人认作是做服饰史研究的专家，——虽然当年王先生为我找孙先生做老师的时候，原是为了指导我做服饰史研究。记得十几年前他应下过某部通史的舆服志写作，然而最后还是退掉了。这大约与做学问的观念和方法有关。先生首先是一种“问题意识”，即特别有着发现问题的敏感（骑车于通衢，先生竟一眼扫见路旁宣传栏中的两行文字“苟利国家生死以，岂因福祸祛避之”，便道：“这是林则徐《赴戍登程口占示家人》中的两句，可是把‘趋’字错成了‘祛’，意思就全错了。”），因此最有解决问题的兴趣。写一部综述式的通史便不能够仅仅从“问题”着眼，而必须面面俱到，当然这样的写作也就没有很多的兴奋点。

《中国古舆服论丛》不是通史式的著作，而是解决问题之作。它初版于一九九三年，很快即以其考校之精当、立论之坚实而成为专业领域的一部权威性著作，二〇〇一年所出增订版，更显示了这样一种力量。与初版相同，增订本仍是分作上下两编，上编是关于古舆服制度的单篇论文，除对旧作重新修订之外，又补入以后发表的相关著述。下编《两唐书舆（车）服志校释稿》，其实可以单独成书，不过其中的种种考证本与上编中的论文多有呼应，所采用的研究方法也是一致，因此裒为一编，正好显示一种总体的丰厚。

《论丛》谈车的一组，可作中国古车制度史来读。为出土的古代车马器定名，是细致而繁难的工作，先秦马车的轭靷式系驾法，即在这样的基础上提出，它的重要贡献，更在于以秦始皇陵铜车马的出土，而揭出中国古车曾经有过却久已隐没的光荣。

《两唐书舆（车）服志校释稿》，就形式来看，可以说是旧瓶装新酒，即以传统的形式而灌注全新的内容。对车马服饰各个细节的笺注，短则数百字，长则逾千，几乎每条注文都是一篇图文相辅的考证文章。古已有之的古器物学，更多的是追求其中的古典趣味，今天与田野考古并行的文物研究，当然与之异趣。文物研究不能少却对社会生活中细节的关注，了解与廓清一器一物在历史进程中名称、形制与作用的演变，自然是关键，尽管有时它会显得过于琐细。而若干历史的真实，就隐藏在这平常的生活细节中。

与《汉代物质文化资料图说》相同，传世文献与考古发掘中的实物互为印证，也是《论丛》基本的研究方法，当然也是它最为鲜明的特色。此所谓“二重证据法”，经观堂先生提出之后，颇为学人所重，虽然它今天已经不算新鲜。就服饰研究而言，沈从文先生的著作即早著先鞭，并且有着很好的成绩，但此著毕竟只是粗勾服饰史轮廓，许多专题尚未涉及。所谓“两重证据”，并不是讨巧的方法，而是一项坚苦的作业。文献与实物的互证，最终揭明的不仅仅是一事一物的性质与名称，而是它的背后我们所力求把握的历史事件。

征引宏富，论据严密，考证精审，时有中西两方面的比较而使得视野开阔；虽考校一器一物却不限于一器一物，笔锋所到，便总能纵横捭阖，不断旁及与器物共存的历史场景；还有简练干净的文字，准确清晰的线图，等等，都是《论丛》的出色之处。其中的不少发明和独到的见解，十余年来已被专业领域内的研究者普遍认可和采纳。

最令人钦羡的是先生对中国古代科技史的熟悉和对科技知识的掌握。先生常说，我知道的只不过是常识。然而正是对各个门类之常识的积累而练就了火眼金睛，而可以因此发现人们已是习以为常的谬误，比如与中国四大发明相关的“司南”。

指南针的发明是中国人在科技领域中的伟大创造，但此器究竟出现于何时，却是一个并没有完全解决的问题。目前已知的几项时代明确的文献与实物之证据，仍都属于十一世纪。上世纪五十年代，王振铎先生以《论衡·是应篇》中的“司南之杓，投之于地，其柢指南”十二个字为依据，做出了“司南”的想象复原。然而它却不是以科学为依据的复原，虽然后来这一件勺形的司南进入了教科书，又作为邮票广为发行。

“王振铎先生根据他的理解制作的‘司南’，是在占栻的铜地盘上放置一个有磁性的勺。此勺当以何种材料制作？他说：‘司南藉天然磁石琢成之可能性较多。’可是天然磁石的磁矩很小，制作过程中的振动和摩擦更会使它退磁，这是一宗不易克服的困难。王先生于是采用了另两种材料：一种是以钨钢为基体的‘人造条形磁铁’，另一种是‘天然磁石为云南所产经传磁后而赋磁性者’。汉代根本没有人工磁铁，自不待言；他用的云南产天然磁石也已被放进强磁场里磁化，使其磁矩得以增强。这两种材料均非汉代人所能想见，更不要说实际应用了，而后来长期在博物馆里陈列的‘司南’中的勺，就是用人工磁铁制作的。”“‘一九五二年钱临照院士应郭沫若要求做个司南，当作访苏礼品。他找到最好的磁石，请玉工做成精美的勺形，遗憾的是它不能指南。由于磁矩太小，地磁场给它的作用不够克服摩擦力，只得用电磁铁做人工磁化。’郭沫若院长在二十世纪中尚且做不到的事，前三世纪之《韩非子》的时代和公元一世纪之《论衡》的时代中的匠师又如何能够做到？”

（《简论司南》，《技术史研究十二讲》，北京理工大学出版社二〇〇六年）——这是先生在北京理工大学的一次讲演中谈到的情况。《论衡》中的十六字意义究竟如何，可以先放过不说，司南为磁勺，复原过程所表明它的不能成立，本在常识范围之内，只是因为它关系到中国四大发明之一出现的时间问题，而使人很难正视。

当然早已经有学者注意到这一问题，并且提出质疑。刘秉正《我国古代关于磁现象的发现》、《司南新释》先后发表于《物理通报》（一九五六年第八期）和《东北师范大学学报》（一九八六年第一期）。后来又有一篇《司南是磁勺吗》，收在台湾联经出版社一九九五年出版的《中国科技史论文集》，其中说道："要把磁石加工成能指南的磁勺，确要有意识地'顺其南北极向'磨镂。但在十一世纪指南针发明以前，古文献中从未有过磁石两极以及它的指极性的记述。既没有平面支承的磁石指极性的记述，甚至在讲到最易显示指极性的用线悬挂时，也没提到发现它的指极性。在不知磁石有两极及其指极性的情形下，人们怎能有意识地'顺其南北极向，杓为南极，首为北极'加工成指南的磁勺呢？而且即使古人用线悬可能发现磁石的指极性，比之线悬磁石，磁勺是极难加工的，指极性能也更差些，古人何苦出此下策不线悬磁石用以指南而要制作磁勺呢？"而同样的意见，我初与先生相识的时候，先生就已经不止一次向我说起，只是待正式写成文章刊发出来，已经是二〇〇五年秋（《中国历史文物》二〇〇五年第四期）。这里并没有要特别辨明两位学者提出问题的先后，因为这并不是高难的科技尖端而关系于发明权，具备常识便都可以有这样的怀疑，问题在于具备常识而又能够把它融入自己的专业研究，因此能够始终保持一种科学的态度，并诓谬正俗。收在《寻常的精致》一书中的《豆腐问题》，也是类似的一例。此亦即黄侃所说“所谓博学者，谓明白事理多，非记事多也”。

因为具备了各个门类的常识，先生可以从容出入于很多领域。“中国古车马馆”、“兵家城”、“中国古代钢铁冶炼展”等等，这些展览设计以先生的专业来说，都算作“余事”，但却一一做得出色。

摹绘器物图，对于考古专业来说，原也是必修课，只是近年似乎不再那么“常识”。而先生每一本著作的插图至今坚持手自摹绘，并且在这一方面花费的气力一点不比文字写作少。以一幅模糊不清的照片作为底图，而用线条把复杂精细的纹饰钩摹得清晰，如果不是亲自做过，恐怕很难想象得出其中的艰辛。

深锐的洞察力，始终旺盛的求知欲，使先生总能保持着思维的活泼和敏捷，专深之研究而却总能以清明朗澈之风使人豁然，又有不少考证文章竟是旁溢着诗意。前不久北京的尚兄、浙江的郑兄分别谈及先生的学问和文笔，也都有此同感。此即学问之“自物理而来者，尽人可通”。所谓“自物理而来者”，“常识”打底也。

我所说的“常识”，其实是把先生一部至今没有出版的书稿认作常识，——当然这原是先生自己的话。书稿的名字叫作“物原”，还有一个副标题是“中国科学技术及其他文化事物的发明与起源”。它也写作于七十年代，用的是当年流行的一种红色塑料皮作包封的笔记本，三册合为一编，装在一个自制的函套里，总题为“第一部分”。“物原”共设词条五百余，每条字数或数百或千余，并且多有陆续增补之什，末附引用文献约数百种，类如经过整理归类的读书札记，性质则同于一部中国古代科技小百科。“物原”中的不少条目后来都发展为很有分量的专论，那么可以说这是由常识而成就的真知灼见，而这一部手稿也正使我看到了“常识”之积累的奥秘。

十年前，先生曾以《积微居金文说》一册相假，随书附有一函，其中写道：“杨树达先生的《积微居金文说》，架上尘封，殆近十年。岁月匆促，杂事纷芜，视先生治学，持之以恒，精益求精，数十年如一日，岂可及哉！展卷略事检寻，仿佛面对故人。回忆史无前例期间，在昌平苹果园中读此书，于会心之处，抚脾叫绝，胸旷神逸，欢欣雀跃，恍若云开雾霁，空山花雨，一身遨游物外，睥睨人寰，不知有汉，无论魏晋矣。但冷静思来，先生之学，寸累铢积，未免既从小处着手，又从小处着眼。欲自此中窥两周之形势，则彷徨迷津，不得其门而入也。夫治学之道，大别可为二宗：一曰专精，二曰通贯。先生之治金文，实际上只是在研究史料，离历史的主线还远着呢。专固然好，但要小中见大，大中见全，政治家所称全局之才，此之谓也。物理学研究微观世界，由分子而原子，而电子，而中子、质子、介子，微得不胜其微，但一下子揭开了物质构造的奥秘，轰隆一声，爆炸了核弹氢弹，整个改变了世界的面貌。文史之学虽难以如此'功利'，但虽不能至，心向往之。"苹果园中的读书境界很教人羡慕，那该是非常年代里一份意外的赐予。小中见大，大中见全，可以说是先生一贯的主张，它也是考据应该达到的一个理想境界。而这一境界，先生真正是达到了。

近年常有年轻朋友约稿，要我谈谈师从孙机遇安师问学的经历，然而将近二十年的问道岁月，千头万绪，一时想不出从何说起。适逢遇安师新著《仰观集》问世，书中每一篇文章的写作经过我都很清楚，因不妨即由此切入话题。

《仰观集：古文物的欣赏与鉴别》（文物出版社二〇一二年），可以视作一部自选集。精装一厚册，收文三十五篇，举凡陶俑、绘画、服饰、玉器、兵器、饮食器、滇文物、辽文物、龙文物直到古罗马文物，均成专题。就写作时间而言，跨度整整三十年。这里集中了作者数十年学术研究之精华，虽然主题不同，性质不一，却是一以贯之的研究风格，即以文物与文献相互契合的方式，揭示研究对象的起源与演变，以复原岁月侵蚀下模糊乃至消逝了的历史场景。此中有搜冥探赜之深细，亦有穷幽极遐之广远，雍容平易之文，而时挟攻坚折锐之风。考证得出的结论固然令人信服，剀切从容剖肌析理的考证过程，也同样引人入胜。

当年初投遇安师门下，曾以小书《脂麻通鉴》一册作为“温卷”，师虽有鼓励之词，但却特别说道：这些读史杂感只是小聪明；治史，需要的是大智慧。以后步入名物考证之途，在老师的引领下，渐渐入门。“物”中的不知名之器，“文”中的不知形之物，若得两相合榫，名实各安，便矜以为得，而颇有一番发现问题与解决问题的喜悦。师则每云：以考校之功而得名实各安，当然是成绩，但总要使考订之物事密切系连于历史的主线，以小见大，方为佳胜。今读《仰观集》，不免时时想到老师平日的耳提面命，便觉书中多有身体力行的范本。比如《秦代的“箕敛”》一篇，它虽只是一器一物的考校，却因此对接起赋税史和度量衡史中曾经脱落的一环。

所谓“箕敛”，语出《史记·张耳陈馀列传》，即陈胜起义后，派武臣略赵地，谓诸县豪杰曰，秦为乱政虐刑，“百姓罢敝，头会箕敛，以供军费”。依旧注，“头会箕敛”乃一项人口税，所纳为谷物。它虽成为后世所痛诋的秦代苛政之一，然而对它的解释却每每不得要领。不少当代学人解“箕敛”之箕为畚箕，所敛之物为钱。《秦代的“箕敛”》针对这一影响甚广的认识，由字义训诂入手，指出“畚箕”一词非秦汉文献中用语，而畚之本义为笼状容器，实不可引申为现代汉语中的“畚箕”，更不可进而简化为“箕”。作为政府行为的用箕敛谷，前提是按“人头数”计算，亦即敛谷有一定额度，且所用之箕必要规范化，不当混同于作为家用之器的簸箕。具体而言，箕应是一种量器。字义既明，检核对应之器，则秦代遗存中，正有箕量其物。而就渊源言，箕形量器的使用又可追溯至新石器时代，且有不断相承的一条线索一直通贯下来，直至商鞅方升的出现。作为方升之前身的箕形量器，——如山东博物馆藏秦代箕量，其单位量值以及进位比率目前虽然还不能够认识得很清楚，但在中国度量衡史中，它的意义无疑是格外重要的。以实物为证，也可知箕量“敛”谷合宜，却实在难于“敛”钱。依据文献，对秦代人口税征收情况以及秦以前相关之历史状况的考察，更可见此际欲“推行征钱的口赋，而且要落到全国每个成年人头上，则历史尚未给秦的统治者提供这种可能。所以像有的研究者说的，‘头会箕敛’之际，‘大夫带着不少装钱的畚箕，奔走于四乡之间’，文字虽然很生动，却不能不被看作是一幅羌无故实之虚拟的画面”（页 78）。

从遇安师问学，自“读图”始。“看图说话”，似乎不难，其实并不容易。真正读懂图像，必要有对图像之时代的思想观念、社会风俗、典章制度等等的深透了解，这一切，无不与对文献的理解和把握密切相关。大胆假设必要有小心求证为根基，这里不但容不得臆想，更万万不可任意改篡据以立论的基本材料。总之，是要用可靠的证据说话，力避观念先行。

收入《仰观集》的《仙凡幽明之间——汉画像石与“大象其生”》，是书中篇幅最巨的一篇，如果说它是有所为而发，那么也可以认为主要是针对巫鸿《武梁祠》（柳扬等译，三联书店二〇〇六年）一书对汉画像石的诸般误读。这篇文章从初稿到定稿，我都曾仔细阅读。文中列举的误例，读过之后，每深自竦惕。比如武梁祠画像石“无盐丑女钟离春”一幅，本事云以无盐之切谏，而使“齐国大安”，齐王乃“拜无盐君为后”。画面便是齐宣王付印绶与无盐女，女屈身而受的册拜情景。惟印小不易表现，绶则刻画清晰。但《武梁祠》中对此幅画像的解释却是：“（钟离春）的上身略微前倾，似乎正在向宣王提出建议。齐宣王则面向钟离春张开手臂，表达对她的感激之情”。又比如以画像石中的墓主图为汉代皇帝的标准像；以交午柱为墓地的标志；以出行图中的轺车、軿车和大车为送葬行列中的导车、魂车和柩车；认武梁祠祥瑞图中的“浪井”为大莲花；又解释河北满城西汉刘胜墓中排水沟的来源时，认为是仿效印度窣堵婆之右绕礼拜的通道而设，等等。可见“以图证史的陷阱”，若非有对文献准确把握的功力以及实事求是的精神，实不能免。独特的视角，新颖的思路，固然启人思智，然而如果这一切是建立在对图像连带基本史料误读的基础上，则未免偏离学问之正途。便是《仙凡幽明之间》结末所云：“研究古代文物，如能从未开发的层面上揭示其渊奥，阐释其内涵，进而提出令人耳目一新的理论概括，当然是可贵的学术成就”；但“要做到这一步，必须以史实为依归，且断不能以牺牲常识为代价”（页 211）。

通览全局和纵贯古今的胸襟与目力，为我一向所钦服，虽然老师对我并没有提出这样的要求。《仰观集》中《中国历史上的秦汉时代》、《从汉代看罗马》、《“丝绸之路展”感言》、《神龙出世六千年》是我反复读过的几篇，即便均属“命题作文”，如第一例系为中国和意大利举办的“秦汉—罗马展”而作，第二例为配合该展而举办的讲座之讲稿，三、四两例则分别应“丝绸之路：大西北遗珍展”、“龙文化特展”而写，但却无一浮言应景之文，而总是在人们习以为然的地方，驻足沉思，大中见小，小中见大，以使脱离了历史轨道的物象重新归位。比如关于龙的起源，关于河南濮阳西水坡仰韶大墓墓主身侧用蚌壳砌出的所谓“龙”、“虎”图案，又龙为图腾说，等等，《神龙出世六千年》都提出了不同于流俗的意见。又比如针对“丝绸之路”这一近年的热门话题，《感言》从史实疏理入手，自汉通西域至唐代安史之乱，官方的对外方针、用兵策略，民间的商业贸易，胡人的丝路之旅、入华后的分流以及生存状况，又唐代对胡风的接受，等等，一条叙述的主线放出去，收回来，或回应于“点”，或落实在“面”，而总不失线索位置，则所谓“丝绸之路”，它在中国历史中的性质与意义，也便一目了然。要之，丝绸之路上的贸易活动，并没有为中土提供很多的商业机会，它带来的一切都不曾影响中国文化的主体，即便南北朝和隋唐的都市均曾有过若干“商胡贩客”的聚居区，且因此呈现一派商旅辐辏的繁荣景象。“虽然随着粟特商人的脚步，除奢侈品以外，他们也带来了其他造型新颖的工艺品，然而这些远方的珍异之物，到了这里，多半变成孤独的流星，很难将其原产地的技术背景一同带来。那些冒着危险跋越沙碛的胡商是为了赚大钱，其本意绝不在于充当文化使者”（页 123）。“就锦上添花的意义而言，与丝路有关的带有异域色彩的文物可以被看作是中国文化这块熠熠生辉的锦缎上的花朵，但它们和本土主流文化的关系深浅不一：有些花朵是织成的，有些是点染的，有些则像是飘落的坠红零艳”（页 125）。今人把目光集中在文化交流一面的时候，更应实事求是看到它在“大历史”中错综复杂的各个层面。对研究对象必要始终保持清醒的观照，虽然“深刻的片面”也常常是研究领域中值得重视的意见，但如果集体走向片面，则不能不说是一种研究的偏差了。

集中的《中国墨竹》一文，当日遇安师曾相约与我合作。然而惭愧得很，我虽然十分期待这样的并力写作，且为此准备了不少材料，却是很久没有找到感觉。后来看到遇安师动笔写就的初稿，折服之余，自然也明白如果合作的话，我完全是多余的。我不曾想到，对绘画史中写竹一门演变历程的疏理，原是贯穿着对文人画的思考。《中国墨竹》围绕着写竹的发生、发展与演变夹叙夹议，考证与鉴赏相间，而神似与形似、文人与画匠以及雅与俗的交织，始终是一条并行的线索，以此而共同书写就中国绘画史中独特的一章。

虽然遇安师曾经说过，文辞之美，是花拳绣腿，文章之谋篇布局乃至字句的经营，当可看作学术论文的第二义。然而老师自己对此却并未稍有懈怠。一篇稿成，每每细加磨勘，务必字字当意。于字句之炼，用心之勤不亚于对论点的推敲。因此考证之文，总是明净晓畅，深厚简切；论述之文，则华赡而无繁，宏裕而无侈，且含英咀华，浏亮有宫商之声。如《神龙出世六千年》，如《中国墨竹》，这是当今学术著作中不常见到的。

《仰观集》中数百幅严整精细的线图，一如既往一一出自作者手绘，因此绘图的时间，常常数倍于写作。我当年也曾亦步亦趋，故深知其中的繁难和艰辛。对此遇安师每以乡语自嘲："我这是'洗手做鞋，泥土踩坏'，但不管将来如何，眼下总要尽我最大的努力。”

初从遇安师问学，师即告诫三点：一、必须依凭材料说话；二、材料不足以立论，惟有耐心等待；三、一旦有了正确的立论，更多的材料就会源源涌至。第一、二两条虽苦，却因此每每可得第三条之乐。念及《仰观集》之取意，即《兰亭集序》所谓“仰观宇宙之大，俯察品类之盛，所以游目骋怀，足以极视听之娱”，则也不妨说，仰观与俯察，便是作者一贯的研究方法，它自然也是学术研究之坦途。若再补入自己的感受，那么《辋川集》中《斤竹岭》题下的王维、裴迪之作正可借以昭示境象。前者曰：“檀栾映空曲，青翠漾涟漪。暗入商山路，樵人不可知。”后者曰：“明流纡且直，绿筱密复深。一径通山路，行歌望旧岑。”

《从历史中醒来》跋

有幸生在“读图时代”，问学之途多了一束光照。以往全凭在文献中反复摸索其形的古代器物，竟在光照下现身，并且在“公共考古”的气氛下，它不再局限于书斋，而是一步步走向大众。近年不同规模、不同专题的博物馆在各个县市兴建，常规展之外，各种专题展览每年举办不可胜数，“读图时代”的人，真的很幸福。但是还应该说，“读图”是向“读图”者的思考能力提出了更高的要求。“看图说话”，“看”起来不难，“看”懂却并不容易。真正读懂图像，必要有对图像之时代的思想观念、社会风俗、典章制度等等的深透了解，这一切，无不与对文献的理解和把握密切相关。此外不可少的是“读图”经验之积累，如是，方能从“当下”读出它的前世今生。二十一年前甫从遇安师问学，入门第一课便是分析某著名辞书中的插图之误，用作对比和讲解的材料，则即经遇安师研究出所以、考订出名称的考古发现之器物。以后的课程很多是安排在博物馆里，今收在这部书里的不少文章就是当年看展时我所聆听的教示。十一年前在台湾出版时，名作《孙机谈文物》，封面照片原是老师在博物馆里给我讲课的一瞬。遇安师的讲话总是极有感染力，一旦落墨，更是从无丝毫苟且，笔力雄健，辞旨精朗，风致静深，是一贯的风格，却又以它的渊博与厚实，耐得反复温习。这里的多数篇章都不是新作，但依然开卷如新，不仅研究方法没有过时，讨论的问题又何曾过时。比如写于二十年前的《中国茶文化与日本茶道》一文，对于今天热衷把“茶道”一词强加于中国茶文化的人们来说，实在要认真读几遍才好。《玉具剑与璏式佩剑法》、《刺鹅锥》、《水禽衔鱼釭灯》都早已成为经典，广为学界采用。《中国梵钟》则是同类题目的奠基之作，至今显示着它厚重的分量。《固原北魏漆棺画》最是“读图”的范本，于是我们知道，文献与图像的互证，最终揭明的不仅仅是一事一物的性质与名称，而是它的背后吾人所力求把握的历史事件。我曾在《仰观集》的读后感中写道：念及《仰观集》之取意，即《兰亭集序》所谓“仰观宇宙之大，俯察品类之盛，所以游目骋怀，足以极视听之娱”，则也不妨说，仰观与俯察，便是遇安师始终的研究方法，它自然也是学术研究之坦途。如今“大师”的称号已被叫滥了，其实最终教人折服的不会是称号，而是扎实的学养与卓越的见识。

遇安师不是“大师”，他是以发现问题、解决问题而令人由衷信服与钦敬的智者。

《孙机谈文物》一书原有作者《后记》，是一则极好的文字，今受老友之命介绍此书的三联新版，思索再三，难得精要，不如将台湾版《后记》照引如下：

“现今尊之为‘文物’者，在古代，多数曾经是日常生活用品，各自以其功能在当时的社会生活中有着其自处的位置。若干重器和宝器，只不过是将这种属性加以强化和神化。从探讨文物所固有的社会功能的观点出发，她们如同架设在时间隧道一端之大大小小的透镜，从中可以窥测到活的古史。倘使角度合宜，调焦得当，还能看见某些重大事件的细节、特殊技艺的妙谛，和不因岁月流逝而消褪的美的闪光。”

我与书

知堂为他的《书房一角》作序，开篇即写道："从前有人说过，自己的书斋不可给人家看见，因为这是危险的事，怕被看去了自己的心思。这话是颇有几分道理的。一个人做文章，说好听话，都并不难，只一看他所读的书，至少便颠出一点斤两来了。"可知"书房一角"是一个不很容易讨好的题目，当然以知堂的学识敷衍得教人有兴趣尚不算太难。谈自己如何爱书、读书是与之相似的题目，这里有一个不好掌握的分寸，并且我以为阅读方式原是很个人化的东西，实在很难形成对他人也照样适用的模式。如果在琐碎的叙述中尚能有些机智有些幽默，自然而然流泻而出，或者还能够取胜，而这偏偏都是我的弱项，因此一向藏拙。这一回却是再三推脱不掉，而友情的重负使人无法说不，不得已只好老老实实出乖露丑。

我的读书生涯大约是从四五岁开始，当然是看现在差不多成了文物的小人书。那时候最常去的是王府井新华书店，地址在帅府园胡同口的拐角上，清楚记得店堂中间有一道高台阶，台阶下边是幼儿读物，台阶上边是青少年读物。大概没有过很久，我的阅读就上了台阶。当时读的书，现在想来大体可以别作两个系列，一是曹雪芹为代表的古典系列，一是以浩然为代表的红色系列。后者的影响至于七十年代，前者的影响则恐怕是一生。

遗憾的是青少年时代给我的读书时间太少太少，在没有书读的时代里，只有一本小小的《新华字典》总在手边，成为随便翻开任何一页都有兴趣看下去的书。当然我至今仍对它充满感激，它使我在以后的日子里不太容易出现字音读错的过失。

七十年代在王府井果品店开货车，与作为老相识的新华书店成为近邻，不过那时候书店只开放了店堂前边走廊一般的一个窄长条，叫作早晚服务部。我在那里买的第一部是《宋书》，第二部是《史记》，第三部为五本一套的《陆游集》，至今书脊上还保存着当年的编号，就广义的藏书而言，这便是我的藏书之始。只是《史记》中的第五册被一位友人假去未归，而缺了的一册实在再难配齐。在《读书》的时候，看见主编先生办公室里有赫赫然整齐的一套，于是用强盗手段抽取我的所缺，感谢他不以为忤，竟准了我的损人利己。

曾经狠狠过了一把买书的瘾，那是七十年代末至八十年代中在民间文艺研究会做资料员的时候。我负责编目，做索引，借阅，更兼采购。当时为资料室买了不少好书，至今想起来还觉得那批书很有价值，只是后悔许多好书没能给自己也买下来，而离开资料室之后，便是自己拼命买书的阶段了。

书不能不拼命买，重要原因在于我的驽钝。坦白说，我读过的书很多，但是记住的和忘记的相比，后者占了绝大多数，缺乏强记之天赋的大脑大约有自动清除内存的功能。而这里的所谓记住也不过是以后重逢略觉面善而已，背诵则绝对背诵不来，甚至留下清晰之影像的也极有限。因此书不能不尽量把它“圈养”，一切只为使用的方便，就狭义的藏书而言，那是欣赏玩味的境界，为我永远不能及。说来我的终身大事也是一段借书还书的因缘，只是当时并没有读到《围城》，否则当会预先有所警惕，不过那也许就错过了一段好姻缘。如今小小的居室被书弄得不堪重负，生活中的另一半却对此抱怨不得，书的喜剧由他开场，自然是要合伙一直搬演下去。

图书馆当然也是重要的。在国家图书馆办一个借书证，押金千元，不好好利用，岂不太可惜。然而跑图书馆的一个严重后果便是把看到的好书再想办法买回来，包括日本出版物和港台版图书。日本有一位老朋友长声君，台北有一位老朋友兴文君，算来定交差不多都已经十年以上，始终的君子之交，却是淡淡的长流水，架上的书，便是友情的见证。

图书馆的另一大好处是可以大量浏览不值得买的书，——值得与不值得当然仅仅就个人兴趣而言。开卷有益的话真是说的太好了，跑野马式的泛览从来不会令人无获而归。它尤其适合搜索式的读书，带了极强的功利目的亦即猎获目的的读书。

一九八六年到了《读书》，更是广结书缘。顶头上司老沈便是一位喜欢读书并且很会读书的人。十年里，主编对勤恳工作的奖励，便是赠以我喜欢的书。由平日的闲聊，逐渐明白了主编心目中的择稿标准，便是有创见，有韵致，题目不俗，总之是不仅有思想，还要文字好看。八股文章，一律不取。这自然也可以成为书的标准。顺带说一句，那时候阿码的使用已经开始多起来，但还远没有到当今的泛滥程度，《读书》的规则是除引书页码之外，行文中的数字表达一律用汉字。这一原则延用至今。

前不久友人为我写了一副对联，“读书随处净土，闭户即是深山”。字好，意思也好，于是驰书报谢，且询问联语出处。回书答曰：“此为梁思成先生书房所悬旧联，前些年偶于一照片上见之，我也甚感契合个人心境，因常记于心，原联撰者书者均未记得。”可惜我至今还没有一间书房，这一副最适宜书房悬挂的对联，只好委委屈屈躺在抽屉里。

说了这么多，归根结底，我与书似乎是天生有缘。所谓“缘”，原本有着命定的意思，而命定，按照西哲的说法便是“性格决定命运”。那么该说是因为我的天性喜静，则除却读书、写字，我想不出还有哪些是更为适性的爱好。

读小学的时候，教室正前方黑板的上端刷着排列为弧形的八个大红字：好好学习，天天向上。后来读《诗经》，发现《周颂·敬之》中的“日就月将，学有缉熙于光明”，用此八个字正好可以对应。“缉熙”，有积渐广大之意；“明”，澄明，即为学当求索不已以进于广大澄明之境。我以为，与书结缘，便会使我们总有着如此的向善之心罢。我曾在友人寄赠的书签上把它写下来作为自己的座右铭，今则转录于此，以与爱书人共勉。

（应《语文学习》之约而作）

后记

应书友周音莹之约，勉强凑成如此一编。收录在这里的多为旧作，跨度差不多有三十年。写于上世纪的篇什，都是摘自日记，其中的《梵澄先生》曾以《日记中的梵澄先生》为题收入与陆灏合著的《梵澄先生》一书，以“纪念梵澄先生诞辰一百周年”的名义由上海书店出版社印行（二〇〇九年）。馀者曾收入《棔柿楼杂稿》。我在该书后记中写道：“与同龄人一样，在不能读书的青年时代去务农，去做工，开卡车，蹬三轮，送白菜，卖西瓜，等等，概为七十年代所历，那时候大家都是如此过来的。惟一不同的是，现在的学者，当年的工农，在恢复高考制度后都去考了大学，完成了高等教育，而我虽然也曾考取，却是阴错阳差终于未能入学，只好通过自学完成学业。而自学，在我的同代人中也不是怎样的新鲜事。自己以为幸运的是，我能够走进《读书》，十年后，又有幸遇到一位好老师。教人每每感念不置的是，我还有很多随时相助的好朋友。”“数年经营文字的体会，是写人最难。《读书》十年，从众师问学，获益良多，然而以自己之笔拙，却轻易不敢为众师画像，因此始终是藏于心者多，笔诸文字少。收在本书里的几则，实在未能写出诸家风采，不过存此雪泥鸿爪，藉以寄托久寓心中的怀想和感念。”今编此集，原想把久藏于心者勉力写出来，却依然力不从心。不得已，放弃打算，只是仍以日记摘抄的方式，补缀点滴，附于末。

（一）

二〇一六年十一月廿日（日）

傍晚意外接到吴学昭电话，说她受杨绛之托，近日正在帮助处理遗物，杨绛辞世前曾把手中的信件整理分类，一部分是属于好朋友的，因委托吴学昭一一退还本人，而退还的时候要附上一两件自用的物品，她说这里有我的两封信和一张明信片，准备近日寄还，并为我选了一枚发卡作为纪念，——按照古人的说法，应该叫作“遗念物”。

——真是很意外，一直以为杨绛老师早就不记得我了，怕添麻烦，也不敢再去叨扰，没想到竟然会被列入“朋友圈”。更没想到老人家会在离开这个世界之前，细心考虑到信件如果流失会给写信人带来不便，而用了如此温暖的方法妥善处理。

后来在《作家文摘》看到吴学昭《送杨绛先生回家》一文，其中说道为保护自己及他人隐私，杨绛先生“亲手毁了写了多年的日记，毁了许多友人来信，仅留下‘实在舍不得下手’的极小部分”，那么我的这几通，竟还是杨绛老师有意存留下来的。

初读《管锥编》，是一九七九年我在民间文艺研究会资料室的时候，那也就是我开始系统读书之际，这一年已经二十五岁了。前几年我曾说过《管锥编》是我的入门书，也就是这个意思，即由此明白了应该读什么书和怎样读书。而在这之前早就读过西班牙流浪汉小说《小癞子》，——插队的时候，记不得由什么途径过手这么一本破旧的小册子。书荒的年代里，它不啻大餐，同室的几个人传看之后又传往下一站。这以后很久，大家都还在津津乐道书里的各种情节。小说作者佚名，于是记住了译者名杨绛。

和杨绛老师的通信始于一九八四年，大约一共十几封，而每次总会很快接到回复。《小癞子》自然是信中提到的，杨绛老师因寄我一份刊发在《读书》的《介绍〈小癞子〉》，原是从一九八四年第六期上拆出来的散页，天头上写着：“谢谢你三月八日来信，因想起这篇文章，寄你请教。”杨绛老师保留的三通，分别写于一九八七、八八和八九年，其中一通写道：“记钱先生有言：读书以极其志，一事也；以读书为其极至，又一事也。我取后者为事，便最得趣，因此常常是快乐的。”杨绛老师回信中针对这一段话道：“书可作良师益友，可是不能喧宾夺主，盼你勿忘了自己是主人。你引了锺书的话，他本人却不知出处。你读书用功竟打倒了钱锺书！一笑。”当然知道是玩笑，却也教人兴奋了好久。

（二）

二〇一七年七月十日（一）

接到徐伯母电话，说新近出版了“徐苹芳北京文献整理系列”四大本，是据徐先生的手稿影印，“想分送给老朋友”。约好明日往取。

——称“老朋友”自然是客气，其实我是得到徐先生扶掖的晚辈。

徐先生话很少，不论打电话还是面谈，通电话的时候就更简捷，“哦”，“是”，是我听到最多的回应，但提出的请求却从未拒绝。定陵出土金银首饰是我关注多年的一批，也曾撰文考证，但总没有机会亲验实物，于是希望徐先生帮忙，没想到竟然很快如愿。与湖南省博物馆合作编撰《湖南宋元窖藏金银器发现与研究》，最初有想法的时候，徐先生就很支持，书成，请先生作序，也是一口允诺，并且很快写好。小书《奢华之色：

宋元明金银器研究》三卷出齐后，中华书局在中国国家图书馆举办了一个小型恳谈会，我在二〇一一年一月八号的日记中记道："徐俊主持。第一位发言是徐苹芳先生，谈了四点意见。第一说到我的勤奋和这项工作的不容易。第二说到书里所体现的文献功夫。第三是实物的考察和研究。第四说到中国考古学中的手工业考古至今还没有人做，而我走在前面，先迈出了这一步。最后说，近年学术界的状况，不是进步，而是沉沦，正处在一个十字路口，我们应该好好思考，到底应该怎样做。"当年的五月下旬我在宁夏考察，二十二号那一天接到秦大树电话，说受人委托通知我：今晨五点钟，徐苹芳先生过世了。次日接到小儿发来的短信："北晚登了个豆腐块，徐苹芳先生因病昨日去世。回想母亲大人新书恳谈会上，徐老仿佛履行文化使命一般，尽老迈之躯奋力鼓吹，其音容笑貌不断在脑海中闪回，恍如昨日，不禁泫然。"

初次拜见徐先生，大约是在一九九六年我调到社科院后不久，其时在遇安师指导下写就一文题作《古器丛考三则》，吴小如先生看过后，主张刊发《燕京学报》，那是他和徐先生共同负责的。几天之后，接到徐先生电话，约我去先生家里。见面后告诉我说，小文不很合于《燕京学报》的宗旨和体例，就不打算采用了。语言很委婉，也有勉励的话，末了说道："你遇到问题可以去请教陈公柔先生，他学问非常好，如今退休了，你们两家又离得近。”以后我果然常往陈先生处求教，多有所获。聊得熟了，陈先生告诉我说：“徐苹芳和我议论过你的事，他说，你这个初中学历，恐怕在社科院站不住。”至此才明白徐先生的一片深心。

丁酉小暑记于梧柿楼